메이드 인 베트남

메이드 인 베트남

2010년 6월 12일 처음 펴냄
2017년 2월 22일 5쇄 펴냄

지은이 카롤린 필립스
옮긴이 정지현
펴낸이 신명철
펴낸곳 (주)우리교육 검둥소
등록 제 313-2001-52호
주소 03993 서울특별시 마포구 월드컵북로 6길 46
전화 02-3142-6770
팩스 02-3142-6772
홈페이지 www.uriedu.co.kr

ISBN 978-89-8040-351-6 03850

이 도서의 국립중앙도서관 출판시도서목록(CIP)은 e-CIP 홈페이지(http://www.nl.go.kr/cip.php)에서
이용하실 수 있습니다.(CIP 제어번호:CIP2010002075)

메이드 인 베트남

카롤린 필립스 지음
정지현 옮김

1

딱! 막대기가 등을 때리자 란은 아픔으로 몸을 움찔한다. 란은 깜짝 놀라 몸을 벌떡 일으키며 동료들의 동정 어린 눈길을 본다. 이제 무슨 일이 벌어질지 모두들 알고 있다. 아직 당해 보지 않은 사람은 거의 없기 때문이다. 이곳에서 오래 일할수록, 당할 확률은 높아진다. 아무도 영원히 피할 수는 없다.

커다란 작업장 안에서 동정하지 않는 사람은 딱 한 명밖에 없을 것이다. 바로 맞은편에 앉아 심술궂게 씩 웃어 보이고 있는 민이다. 여러 날 동안 민은 란에게서 눈을 떼지 않고, 움직임 하나하나를 눈여겨보며, 란이 피곤함에 지쳐 작업대 위로 고개를 기울이고 공장의 모든 노동자들이 겪었던 두려운 저 기절 같은 잠속으로 깜빡 빠지는 순간을 기다렸다.

다시 작업 감독의 대나무 막대기가 란을 때리자 민의 얼굴에서 웃음이 더욱 활짝 핀다. 작업 열 사이를 다니며 노동자들을 감독하는 네 사람 가운데 하나인 찌중은 온 힘을 다해 일하지 않는 사람을 적발하는 즉시 인정사정 봐주지 않는 것으로 유명하다.

어쩌면 지칠 대로 지친 란의 눈이 갈수록 자주 감기고 고개가 작업대 쪽으로 내려앉는 모습을 보고서 민이 찌중을 손짓해 불렀을지도 모른다.

란은 눈에 눈물이 몰려드는 동안 이를 힘껏 악문다.

찌중이 세 번째 매를 때리자, 란은 앞 탁자에 놓인 운동화 가죽을 움켜잡는다. 눈에서 눈물이 핑 돈다. 란은 얼른 고개를 숙이고, 소매로 눈물을 훔치려 해 본다. 울지 않을 것이다! 그런 승리는 작업 감독에게도 민에게도 안겨 주지 않을 것이다.

"잠 깨, 이 잠꾸러기야! 잠자라고 돈 주는 줄 알아?"

작업 감독의 목소리가 온 작업장에 찌렁찌렁 울린다. 여기저기서 눈이 활짝 뜨이고, 등이 꼿꼿이 펴지고, 날랜 손들이 두 배로 속도를 내어 일을 계속한다.

저녁 열 시, 정규 노동 시간을 넘어선 지 네 시간째다. 대량 주문을 기한에 맞춰 처리하느라 연달아 사흘 밤을 일했다. 점점 강해지는 피로와 싸운 지 사흘 밤. 이길 가망이 거의 없지만, 아무도 빠지길 원하지 않는 싸움이다.

작업 감독은 막대기로 란을 쿡 찌른다.

"자, 일어나! 당장 일어서!"

란은 벌떡 일어나 팔을 밑으로 쭉 내리고 손을 바지 솔기에 딱 붙인 채, 군인처럼 똑바로 의자 앞에 선다.

"따라와!"

찌중이 명령한다.

란은 늘어앉은 노동자들 사이로 비트적비트적 찌중을 따라간다. 아무도 더 이상 란을 바라볼 엄두를 못 낸다. 모두들 자기가 맡은 반제품을 바라보며 자신들의 행동에서 그 어떤 것도 작업 감독의 눈길을 끌지 않기를 바라고 있다.

출입문 곁에서 찌중이 멈춰 선다. 그녀는 작업 가운 주머니에서 성냥갑을 끄집어낸 뒤, 성냥개비 하나를 꺼내어 반으로 분지른다.

"눈 떠!"

찌중이 명령을 내리자 란은 눈을 최대한 활짝 뜬다. 눈을 스스로 크게 뜰수록 덜 아프다고 다른 사람들에게서 이야기 들었다. 란은 이번이 처음이다. 그리고 언제나 처음이 최악인 법이다. 찌중은 반쪽짜리 성냥개비 하나를 란의 열린 눈꺼풀 밑에 밀어 넣은 뒤 반대쪽 끝을 눈 밑 살갗에 찔러 넣는다. 오른쪽 눈에도 똑같이 한다. 노련하고 능숙한 손놀림이 재빠르게 일을 처리한다.

란은 고통과 풀 길 없는 분노로 눈에서 눈물이 난다. 손을 가만히 놔두기가 힘들다. 눈을 비비고픈 욕구가 무척이나 간절하다. 성냥개비를 떼어 내어 비죽거리는 찌중의 얼굴에 내던지고 싶다.

그러고서 란은 성냥개비로 쫙 펼쳐진 눈과 얼굴을 작업장 쪽으로 향한 채 의자 위에 서야 한다. 어떤 경우에도 잠들지 말라고 모든 노동자들에게 경고하는 생생한 본보기인 셈이다.

대부분에게는 낯익은 광경으로, 가면처럼 무표정한 그들의 얼굴에서 어떤 흥분도 자아내지 못한다. 열네 시간을 제대로 쉬지도 못하고 일하다 보면 매일 밤 누군가는 눈이 감기기 마련이고, 그래서 거의 매일 밤 그들 중 한 명이 나머지에게 보내는 경고로서 그곳에 서 있게 된다.

란은 푹 숙인 고개들을 내려다본다. 비록 내색하는 사람은 없지만 저 사람들이 속으로는 자신을 동정하고 있음을 알고 있다. 그것이 이곳에서 노동을 견딜 수 있는 유일한 힘이다. 작업 감독이 근처에 있는 한 결코 아무도 공공연한 말이나 눈길을 차마 건네지 못할지라도, 모두들 괴로움을 함께 나눈다는 사실을 안다는 것 말이다.

작업장에 있는 노동자 대부분은 소녀들과 젊은 여자들이다. 공식적으로는 모두 열네 살 이상이지만, 고용 때 신분증을 제시하지 않아도 되므로 - 대부분은 갖고 있지도 않다 - 더 어린 이들도 많이 끼어 있다. 요즘 들어선 심지어 어린 쪽이 선호되는데, 임금이 더 싸고 무슨 일이든 참고 견디기 때문이다. 그들은 또한 숨길 것이 있고 돈이 절박하게 필요한 사람들이다.

란은 밑으로 숙인 머리들을 내려다본다. 아무도 이쪽을 보지 않는다. 오로지 민만이 자꾸만 고개를 들 뿐이다. 불과 몇 초 안 될 동안이지만, 란이 그의 얼굴에서 흡족한 표정을 읽기엔 충분하다.

8

더 이상 버티고 서 있기가 힘들다. 작업 감독은 작업장의 반대쪽에 있다. 란은 이 틈을 타 몸무게를 왼쪽 다리에 싣는다. 조심스럽게 오른쪽 다리를 이리저리 살짝 움직인다. 찌중이 이쪽을 바라보자, 란은 오른발을 얼른 의자 위에 다시 놓는다.

맞은편 벽에서 호찌민의 초상이 이쪽을 건너다본다. 그가 이 작업장 안을 들여다볼 수 있다면 무슨 말을 했을까? 그는 베트남 민족을 해방하기 위해 평생을 싸웠다. 처음에는 프랑스인들에 맞서, 다음에는 미국인들에 맞서. 베트남 사람들은 자신의 삶을 스스로 결정할 수 있어야 했다. 더 이상 외국 지배자에게 착취당해선 안 되었다. 자유와 평등과 박애. 그가 자기 민족에게 원했던 것들이다. "베트남의 마지막 공산주의자"라고 누군가 초상 밑에 써 놓았다. 회사 측에서 두 번 세 번 지워 없애도 다음 날이면 다시 적혀 있다. 동족에 의한 착취에 은근히 항의하는 노동자들의 뜻인 것이다.

란은 눈에서 하염없이 눈물이 난다. 몸이 휘청거리고 하마터면 의자에서 떨어질 뻔도 했다. 문 위에 걸린 시계가 째깍거린다. 한 시간, 두 시간, 란의 임금에서 공제될 시간들. 월말이 되면 얼마나 남아 있게 될까? 란이 달마다 받는 57만 동(베트남 화폐 단위)이란 돈은 생계비로도 빠듯하다. 그리고 란과 이곳의 다른 사람들 대부분처럼 부모와 형제자매에게 돈을 보태기까지 하는 경우라면, 단 한 동의 손실도 큰일이 아닐 수 없다.

2

곧 해가 뜰 것이다. 란의 생각은 이곳에서 걸어서 네 시간 거리에 있는 논가의 작은 오두막으로 터벅터벅 걸어간다. 그곳에선 부모님이 곧 일어날 것이다. 아버지는 가족의 유일한 보물인 물소를 끌고 논을 갈기 위해, 어머니는 시장에 가서 매일 아침처럼 아침으로 먹을 쌀죽에 들어갈 야채를 사기 위해. 아마 란이 지난번에 갖다 드린 돈으로 닭고기도 한 점 넣을 수 있을 것이다. 그런 다음 여동생 타오와 남동생 히에우는 등굣길에 오른다. 동생들은 다행히도 아직 학교에 다닐 수 있고, 잘하면 학교를 다 마치게 될 것이다. 란의 벌이가 수업료와 책값을 대는 데 쓰인다.

매번, 생각이 여기까지 날아오고 나면, 슬픔이 몰려온다. 란은 계획이 무척 많았다. 아직 학교에 다닐 수 있었을 때, 란은 의사가 되고 싶었다. 란은 학급에서 최고였다. 배우는 게 빨랐고 또 좋아했다. 선생님은 벌써부터 장학금을 마련해 줄 테니 프랑스나 미국에서 대학 공부를 하는 것도 좋겠다고 말했다.

그러다가 사정이 확 달라졌다.

아버지가 병이 나서, 여러 달 동안 논에서 일할 수 없었다. 식사를 한 번밖에 못 하는 날이 종종 생겼고, 수업료와 교복과 책은 감당할 수 없는 사치가 되었다.

대학 공부의 꿈은 끝나 버렸다.

하루하루 학교를 빼먹으며 어머니와 큰아버지의 논일을 도와야 했을 때, 란은 열세 살이었다. 란은 해가 뜰 때부터 질 때까지 큰아버지 곁에서 쟁기를 잡고 물소 뒤를 따라 진흙땅을 헤치고 다녔다. 그러고 나선 어머니의 도움을 받아 흙에 모를 심고 도랑에서 논으로 물을 펐다.

건강이 조금 나아진 아버지가 곧바로 일을 다시 시작했지만, 란이 아무리 기다려도 학교로 다시 돌아가라는 허락은 떨어지지 않았다.

"여기 논일을 하는 데 네가 필요하단다."

란이 마침내 용기를 내어 물어보자 아버지는 이렇게 말했다.

"학교에서 뭘 하려고? 꼭 필요한 건 배웠잖니. 읽기, 쓰기와 셈하기 조금. 그 이상은 필요치 않아."

란은 반박하지 않았다. 가족 안에서 결정을 내리는 것은 아버지 몫이었다. 란이 나중에 의사가 되면 돈을 많이 벌어 가계에 보탬이 될 수 있으리란 것은 모두 알았지만, 그것도 소용이 없었다. 식구들의 배는 '지금' 차야 했고 아버지는 '지금' 도움이 필요했다.

다만 가끔씩, 다른 아이들이 아침에 논을 지나 학교에 가는 것을 볼 때면, 란은 슬퍼졌다.

란을 이해해 주는 유일한 사람은 할아버지였다. 하지만 할아버지도 도와줄 수 없었다. 아버지는 계속해서 비싼 약이 필요했고, 게다가 큰아버지의 가족들도 란의 가족이 함께 먹여 살려야 했다.

일주일에서 가장 신 나는 날은 토요일이었다. 토요일이면 이른 오후에 옛 선생님을 찾아가도 되었다. 선생님은 란이 학교에 돌아오리란 희망을 아직 놓지 않았다. 그래서 란에게 책을 빌려주고, 짧은 시간이 허락하는 대로 수학 문제들을 설명해 주었으며, 무엇보다 영어로 많은 대화를 나눠 주었다.

"영어는 너희들의 미래를 열어 주는 열쇠란다!"

선생님은 이렇게 말했고 란은 집에서 틈날 때마다 배운 것을 익혔다. 이따금씩 책 위에 엎어져 잠들기도 했다.

그러다가 큰 홍수가 나 쌀농사를 완전히 망친 해가 왔다. 가족은 돈이 절박하게 필요했다. 이웃집 소년이 꾸찌 근교에 있는 커다란 신발 공장 이야기를 해 주었다. 미국과 유럽 사람들이 신는 운동화를 만들어 내는 곳으로, 한 달에 57만 동을, 초과 근무를 할 경우엔 더 많이도 받는다고 했다. 란은 큰돈이 들어올 거라고 생각하는 온 가족의 기대를 안고 꾸찌로 떠났다.

예전에는 논밖에 없던 그곳에 레 가족이 커다란 잿빛 작업장들을 지은 뒤, 높다란 담장을 빙 둘러치고 정문 옆에 경비 초소를 두 개 세워 놓았다. 담장 안에는 노동자들이 머무르는 구조가 단

순한 숙소들이 있었다.

새로운 노동자가 끊임없이 대량으로 필요한 덕에, 란은 곧바로 일자리를 얻었다. 레 사장네 가족은 정부와 관계가 좋았고, 그래서 사장은 미국과 유럽에서 들어오는 탐나는 주문들을 남들에 앞서 따냈다.

란은 반년 전 일을 처음 시작하던 날을 아직도 정확히 기억한다. 작업장 안으로 들어서자, 노동자들이 길게 줄지어 앉아 있었다. 말하는 사람이 아무도 없는데도 시끄러웠다. 모두들 자기 일거리 위로 고개를 숙인 채 앉아 있었다. 란이 왔을 때 쳐다보는 사람은 아무도 없었다. 다만 대개 노란 완장을 찬 젊은 여자들인 작업 감독들만이 날카로운 눈으로 훑어볼 뿐이었다.

란은 신발창을 접착하는 작업 라인에 자리를 배정받았다.

감각을 마비시키는 메스꺼운 냄새가 공기 중에 걸려 있었다. 신발창의 각 층들을 접착하는 접착제 때문에 머리가 무거워졌다. 처음 몇 주 동안은 두통이 끊이질 않았다. 요즘에도 매번 작업을 시작하고 얼마 동안은 냄새 때문에 가벼운 구역질이 나지만, 이제는 남들 모두처럼 거기에 적응이 되었다.

그에 반해 적응이 안 되는 것은 첫 순간부터 지금까지 따라다니는 민의 증오 가득한 눈길이다. 그가 미워하는 이유는 란도 이제 알고 있다. 란이 앉은 자리가 예전에 민의 여자 친구 프엉이 일하던 자리인 것이다. 프엉은 화장실에 너무 자주 가려 한다는 이유로 해고되었다.

"벌써 한 번 다녀왔잖아!"

찌중이 프엉에게 호통을 쳤다.

"작업 시간당 한 번, 그걸로 충분해. 규칙은 잘들 알 텐데. 너희들에게 오줌 싸라고 돈 주는 줄 알아?"

프엉은 아무 말 하지 않았다. 임신 두 달째였고, 종종 구역질이 났지만, 해고될까 봐 두려웠다. 그래서 말없이 구역질을 참다가, 결국 쓰러져 의자에서 떨어져 버렸다. 비명도 없이, 그냥 털썩. 프엉은 백지장처럼 창백한 얼굴로 누워 있었다. 민이 작업 감독이 외치는 소리에도 아랑곳 않고서 프엉을 안아 들고 밖으로 나갔다. 결국 프엉만이 해고되었고, 민은 운 좋게도 뜰에 나가 프엉 곁에 머물렀던 한 시간만큼 임금을 깎이기만 했다.

프엉은 아이를 잃었다. 며칠 뒤, 프엉이 여전히 무척 창백한 얼굴로 돌아와 옛 일자리를 돌려 달라고 부탁하자, 찌중은 란을 가리키며 말했다.

"자리가 찬 거 보이겠지. 약골은 여기 필요 없어."

란의 잘못이 아니었다. 그 자리가 란에게 배정되었다. 그리고 원래 작업 감독에게 가야 할 민의 증오는 프엉의 자리를 차지한 소녀가 누구든 상관없이 따라다녔을 것이다.

자정이 조금 넘어 마침내 근무 시간이 끝날 때, 란의 다리에는 아무런 감각도 남아 있지 않았다. 눈은 화끈거리고 벌겋게 부어

올랐다. 란은 친구 호아의 도움을 받아 성냥개비를 조심스레 떼어 낸다. 살갗이 너무 쓰려 당장 문지른다.

"조심해!"

작업 감독이 소리친다.

"네 자리를 좋다고 받을 다른 애들이 밖에 널렸어!"

유감스럽게도 맞는 말이다. 바깥 공장 문 앞에는 젊은 여자들이 작업장 안에 자리를 얻기 위해 나무 그늘 밑에서 날마다 몇 시간씩 기다린다. 그들은 울안 전체를 에워싸는 높은 담장에도, 담장 위에 군데군데 추가로 설치된 가시철조망에도, 또한 들어가고 나가는 사람들을 하나하나 꼼꼼하게 검사하는 경비 초소에도 결코 겁먹고 물러서지 않는다.

공장은 감옥처럼 외부와 차단되어 있다. 담장 뒤의 노동자들도 꼭 그렇게 느끼고 있지만, 그런데도 스스로들 원해서 여기 있다. 아무도 그들을 강요하지 않는다. 가고 싶은 사람은 가도 좋다, 언제라도. 고용 계약도 없고, 그들을 보호하는 조항도 없다. 그들을 잡아 두는 어떠한 것도 없다. 그런데도 공장을 자기 발로 떠나는 사람은 거의 없다. 그들은 이곳에서 버는 돈이 필요하다. 비록 근근이 먹고살기에도 빠듯한 돈일지라도.

한 층 더 올라가면 한 방에 서른 개씩 침대들이 있다. 씻지도 않고, 먹거나 마시지도 않고, 란은 침대에 쓰러지기가 무섭게 깊은 잠에 빠져든다. 여섯 시간이 지나면 벌써 다음 근무가 시작된다.

3

"일어나! 여섯 시 반이야. 어서! 일어나!"

란은 있는 힘껏 질끈 눈을 감는다. 몸을 흔들어 대던 팔이 잠잠
해지자, 란은 반대편으로 돌아누워 잠을 계속 청한다.

"란! 너 해고되려고 그래?"

지금 당장엔 그것마저도 상관없다. 몸이 천근만근에 삭신이 쑤
신다. 눈이 화끈거린다.

"자, 어서! 피곤하긴 모두 마찬가지야! 널 내쫓게 되면 찌중이
기뻐할 거야!"

란은 이제 간신히 눈을 실낱같이 뜬다. 침대 이웃이기도 한 호
아가 나무라는 눈길로 바라본다.

"정신 차려! 어젠 일하다가 잠들더니 이젠 침대에서 나오지도
않아! 일어나서 차가운 물로 얼굴 좀 씻어. 난 차를 가져올게."

란은 옆에 딸린 작은 방으로 비틀비틀 들어간다. 방 안에는 빗
물을 담은 커다란 통 세 개와, 그 옆에 가지각색의 플라스틱 바가
지들이 있다. 란은 바가지로 큰 통에서 빗물을 퍼 머리 위에 붓는

다. 한 번, 그리고 또 한 번. 란은 물을 얼굴과 팔에 골고루 묻히고 수건으로 닦는다. 이제는 어쨌든 웬만큼 잠이 깨어, 일 층으로 통하는 계단을 내려가 아침을 먹는 노동자들 틈바구니에서 호아를 찾을 정도는 된다.

호아는 벌써 차 두 잔을 탄 뒤 쌀죽을 받으러 장사진을 친 사람들 틈에 서 있다.

"드디어 일어났네!"

호아가 인사한다.

"다시 잠들었을까 봐 걱정했어."

호아가 란을 처벌에서 구해 준 것은 이번이 처음이 아니다. 호아는 이제 겨우 열다섯 살로 란보다 한 살 많지만, 공장에서 일한 지는 두 해째로, 요령을 잘 터득하고 있어 밤마다 겨우 네 시간씩 자고도 잘 버텨 나간다. 호아는 중부지방의 어느 작은 마을 출신인데 일자리를 찾아 떠돌다 이곳까지 오게 되었다. 첫날부터 호아는 란을 여동생처럼 보살펴 주었다.

"모두들 주목!"

작업 감독 한 명이 채를 들고 징을 때린다. 순식간에 정적이 쫙 깔린다.

"유럽에서 새로 주문이 왔다. 잘들 알고 있겠지? 새로운 주문은 곧 너희들의 일감과 돈벌이를 뜻한다는 것을. 하지만 주문이 급하다. 우리가 신발을 제때 배에 실어 보내지 못하면, 공장은 주문을, 너희는 일자리를 잃게 된다."

작업 감독은 잠시 말을 멈추고 앞에 보이는 지친 얼굴들을 주의 깊게 들여다본다. 아무도 말하지 않는다. 다음 차례가 무엇인지 모두 알고 있다.

"오늘 밤과 내일 일요일에 자발적으로 일할 노동자가 필요하다. 자발적으로 지원할 사람?"

겨우 머뭇머뭇 팔 몇 개가 먼저 올라간다. 그 사이에 배식구까지 나아간 란이 자기 접시를 집어 들고 가려는데, 그때 호아가 쿡 찌른다.

"어서, 팔 들어!"

"하지만 난 일하기 싫은데. '자발적'이라잖아. 두 번이나 그렇게 말했어."

"팔 들어, 아니면 너 해고당하고 싶어?"

"'자발적'이라고 말했다고."

란은 고집스레 되풀이한다.

"난 피곤해. 게다가 내일은 우리 집에 갈 거란 말이야."

"지금 팔을 안 들면, 아예 푹 쉬게 될 거야! 자, 어서 들어!"

마지못해 팔을 들며 란은 모든 노동자들의 팔이 올라가 있는 것을 보고 놀란다. 단 한 명도 감히 반대하지 못했다.

작업 감독은 흐뭇하게 고개를 끄덕인다.

"좋아! 좋아! 직업의식들이 투철하군. 내가 사장님께 말씀드리도록 하겠다! 사장님도 틀림없이 친히 너희들을 칭찬해 주실 거다."

그가 돌아선다.

"그보단 돈이라도 몇 푼 더 주시죠!"

작업 감독이 화가 나서 휙 돌아선다.

"누가 그랬지?"

그는 침묵하는 얼굴들을, 표정 하나 짓지 않는 가면들을 들여 다본다.

"너희들은 돈을 잘 받는 거야. 명심하라고!"

"그럼 시간 외 근무는요?"

유일하게 민이 용기를 내어 자신의 생각을 내놓고 말한다.

"어제는 여섯 시간이었고, 그 전날엔 다섯 시간이었어요! 시간 외 근무 수당을 받고 싶습니다!"

이제 다른 사람들도 과감해져, 작업 감독을 에워싼다. 하지만 그는 당장 호루라기를 끄집어내어 큰 소리로 분다.

호아가 란을 계단 위로 잡아끈다.

"여기서 나가자! 곧 있으면 공장 경찰이 올 거야. 그러면 끼어 든 사람들은 모두 해고될 거야!"

"하지만 민이 옳아. 우린 하루에 열네 시간을 넘게 일하면서 월급은 그대로 받잖아. 아니면 야근 때문에 월급이 올라가기라 도 해?"

호아가 고개를 젓는다.

"대체 무슨 생각이야! 물론 아니지. 우리가 시간 외 근무를 하는 건, 주문을 제때 처리하기 위해서야. 고객들이 만족해서 우리에게 새로운 주문을 하도록. 다음 달에도 우리에게 일거리가 있도록 말이야."

"사장 말솜씨는 저리 가라군."

란이 분개하여 친구를 바라본다.

"우리가 일하는 건, 사장이 더 큰 집을 지을 수 있도록 하기 위해서야."

호아가 어깨를 으쓱한다.

"그런다고 어쩌겠어! 넌 바꿀 수 없어. 남아서 버티든가 포기하고 집에 가든가 둘 중 하나지. 항의를 하려면 엄청난 힘이 필요한데 우린 그런 힘이 없잖아?"

란은 고개를 끄덕인다. 호아가 옳다. 란 자신은 계단을 올라갈 힘도 거의 남아 있지 않으니까.

김이 모락모락 나는 작은 접시와 찻잔을 들고 그들은 위층 자신들의 침대에 앉아 뜨거운 죽을 홀짝거린다. 란은 죽을 삼키기 전에 한 술 한 술 입안에서 아주 천천히 굴리는 방법을 지난 몇 주 동안 터득했다. 그렇게 하면 음식이 배 속에서 더 오래가는 듯한 착각이 드는데, 이후 여덟 시간 동안엔 더 이상 아무것도 못먹기 때문에 그렇게라도 하는 것이 낫다.

란은 지금 만들고 있는 운동화에 왜 신발창이 세 겹이나 필요한지 이해가 잘 되지 않는다. 자기 샌들은 고작 한 겹뿐인데 일 년 전부터 매일같이 잘 신고 다니지 않는가.

아마도 유럽 길거리에는 작은 돌들이나 날카로운 것들이 널려 있어서, 신발창이 이것보다 얇으면 찢어지나 보다, 하고 처음엔 생각했었다.

"충격 흡수가 더 잘되라고 그러는 거야!"

호아가 설명해 주었지만, 그 말로도 이해가 안 되긴 마찬가지였다.

"신발은 유럽과 미국에 팔리는데, 그곳에서 달리기나 축구하는 사람들은 그렇게 하면 탄력을 더 잘 받아. 아마 그러면 더 빨리 달릴 수 있는 모양이야."

사실 란으로선 상관도 없다. 이런 신발을 사 신을 만큼 큰돈을 가질 일이 없을 테니까. 한 켤레를 사려고 해도 꼬박 여섯 달 동안 수입을 통째로 모아야 할 것이다.

이곳에선 아무도 자기가 작업하는 신발을 살 수 없다. 그리고 그 때문에 왜 외국인들은 더 빨리 달리려면 세 겹으로 붙인 신발창이 필요한 것인지 아무도 이해할 필요가 없다. 중요한 것은, 작업을 제때 완료하여 신발을 예정에 맞게 호찌민 시 항구로 보내는 것이다. 그러면 그곳에서 신발은 컨테이너 운반선에 실려 바다를 건너간다.

호아는 신발의 발송을 준비하는 작업 라인에서 일한다. 지금은 신발 상자에 알록달록한 상표를 붙이는 일을 한다. 신발창이 발에서 나는 땀을 밖으로 내보내 주는 최신 모델 운동화다. 유럽 사람들은 그렇게 더우면 차라리 신발을 벗고서 맨발로 다닐 것이지 왜 땀을 처리해 주는 신발창을 특별히 고안해야 하는 것인지, 호아도 설명하지 못한다.

란도 상품 발송부에서 일했으면 싶다. 호아가 상표를 붙이는 데 사용하는 접착제는 란이 신발창을 붙이는 데 써야 하는 것처럼 냄새가 그렇게 독하지 않기 때문이다.

예전엔 더욱 심했다고 호아는 이야기해 주었다. 그 당시 용제로 사용하던 벤젠은 호흡 곤란과 구역질을 일으킬 뿐 아니라, 암을 유발하기도 했다. 병이 난 사람은 아무도 없다고들 했지만, 노동자 한 명이 갑자기 더 이상 일하러 나오지 않는 이유를 누가 정확히 알겠는가.

소문들이 자꾸 돌았지만, 아무도 감히 캐묻지 못했다. 한다고 해도 어디에 물어보겠는가? 공장 측? 그럴 경우엔 당장 짐을 싸서 자신의 일자리를 문 앞에서 기다리는 많은 사람들에게 내주게 될 터이다.

대부분은 란과 마찬가지로 집에 있는 가족들을 벌어 먹여 살리는 사람들이다. 그들은 논들 한가운데에 공장들이 나란히 서 있는 이 지역으로 전국 방방곡곡에서 온다. 신발과 장난감과 가구들, 모두 해외 고객을 위한 것이다. 노동자가 몇 천 명 되는 커다란 공장들은 이제 대부분 이곳보다 사정이 좋아졌다. 기자들과 조사관들이 거듭 찾아와 공장의 상황에 대해 보고했기 때문이다.

하지만 그보다 작은 공장들엔 그들이 오는 경우가 극히 드물다. 호아가 듣기론, 몇 년 전에 어느 국제 조사 기구가 이곳 옹(사회적 신분이 높은 사람을 지칭할 때 쓰는 말) 레의 공장에 와 사장이 규칙을 준수하는지 검사했다고 한다. 위생 및 안전 규정을 지켜야 하고, 환기와 조명에 대한 법규도 마찬가지다. 비상구와 소화기가 충분히 있어야 하고, 실내 공간은 높이가 일정 수준이 되어야 한다. 이 모든 사항이 점검되고 평가되었다. 사장은 그런 조사가 두려워, 이미 며칠 전부터 작업장을 법규에 맞도록 개조했다. 노동자들에게 마스크를 지급하고, 환풍기를 설치하고, 화장실을 문질러 닦고, 작업대를 옆으로 치워 비상구를 추가로 내었다.

"그때 추가적인 환기 조치에도 불구하고 기자 두 명이 구역질이 났고, 당장 그 일을 기사로 써서 신문사에 넘겼대."

호아가 이야기해 준다.

사장은 외국에서 더 이상 새로운 주문이 들어오지 않을까 봐 겁을 먹고, 접착제를 교체하도록 했다. 새로운 접착제는 독성이 덜하다고 하지만, 그럼에도 많은 노동자들이 두통과 구역질에 시달리고 있다. 창문을 열어 놓아도 신선한 바깥바람이 거의 들어오지 않는데, 그늘에서도 온도가 40도니 놀랄 일도 아니다.

"환풍기를 살 돈은 없어!"

사장은 이렇게 말한다. 오로지 사무실에만 에어컨이 있을 뿐이다.

란이 알기로는 핫-프레스부에서 일하는 노동자들이 가장 사정이 안 좋다. 그곳에선 부속품을 무거운 금형으로 압착하는 작업을 하는데, 안전화를 신은 사람이 아무도 없기 때문에 재해가 끊이지 않는다.

오늘도 다시 초과 근무를 해야 한다. 여덟 시간만 일하는 정상적인 근무일이 언제가 마지막이었는지 란은 기억도 나지 않는다. 말로는 늘 이렇다.

"이건 특별히 중요한 주문이다. 시간 맞춰 상품을 넘기고 나면 쉴 수 있다."

하지만 다 마치고 나면, 사장이 와서 자신의 노동자들이 대단히 자랑스럽다면서, 해외 고객들이 무척 만족하여 당장 새로운 주문을 주었다고 알리는 것이다.

그렇게 하여 중요한 주문이 꼬리에 꼬리를 물고, 초과 근무와 야간작업이 끝없이 이어진다. 일을 처음 시작했을 때, 란은 시간 외 근무엔 돈이 따로 나오리라 믿었다. 그렇다면 가족에게 더 많은 돈이 생긴다는 것이니 의미가 있을 터였다.

피곤하지 않은 때가 있었던가? 란은 기억나지 않는다. 잠, 그저 오로지 잠!

오늘도 란은 일하면서 한 번 깜빡 잠이 들지만, 이번에는 적발되지 않는다. 작업 감독은 그 대신 탁자 두 개 떨어져 앉은 어린 소녀를 노리고 있었다. 그 아이는 이미 아침 내내 무척 창백한 얼굴이었다. 기껏해야 열두 살 정도로, 란의 여동생 타오와 같은 또래다. 란은 그 아이를 지켜보며, 손짓으로 잠을 깨워 주려 노력했다. 소녀는 란에게 수줍게 웃음 지으며 눈이 감기지 않도록 씩씩하게 애썼다.

하지만 소용이 없다. 천천히, 아주 천천히 아이의 머리가 점점 낮게 떨어진다. 찌중이 벌써 저쪽에서 쳐다보고 있다. 하지만 머리가 탁자에 완전히 닿기 전에, 란이 가죽 쪼가리 하나를 집어 탁자 너머 소녀에게 던진다. 가죽이 아이의 어깨에 맞는다. 아이는 화들짝 눈을 뜨고 허겁지겁 일을 계속한다.

다른 노동자들이 씩 웃는다. 다만 그 사이에 소녀의 의자 뒤에 선 작업 감독만이 사나운 얼굴을 한다. 그녀는 가죽 쪼가리를 집어 들고 빙 둘러보며 묻는다.

"누가 그랬지?"

아무도 대답하지 않는다. 모두 가죽 신발 위로 고개를 숙이고 있다.

"뭐, 좋아!"

찌중이 말한다.

"그럼 이제 모두 일어나서 범인이 나설 때까지 기다리기로 하지. 한 시간씩 지나갈 때마다 그만큼 임금이 깎일 거야."

여기저기서 깜짝 놀란 눈길들.

"제가 그랬어요!"

란이 손을 든다.

다른 사람들의 눈에서 안도감이 보인다.

찌중이 사나운 얼굴로 바라본다.

"또 너로군! 불과 어제 잠들어 버린 주제에. 조심해. 오늘은 네 임금에서 한 시간 빼기만 할 거야. 한 번만 더 눈에 거슬리면 짐 싸서 가게 될 줄 알아. 내가 오늘 무척 관대한 기분인 걸 다행으로 생각해!"

란은 고개 숙인 다른 이들을 바라본다. 아무도 란을 보지 않는다. 다만 소녀만이 이따금씩 고마움 가득한 눈길을 던질 뿐이다.

그리고 자신의 일에 집중하지 못하는 사람이 또 한 명 있다. 바로 민이다. 민은 묘한 눈길로 란을 살핀다. 처음으로 증오가 가신 눈길이다.

하지만 민도 두려움으로 가만히 침묵을 지켰다.

저녁때, 침대에 누워 곧바로 잠들지 못하는 날이면, 란은 어둠 속에서 많은 목소리들을 듣는다. 소곤소곤 감독관을 욕하는, 그들이 죽어 버렸으면 좋겠다고 바라는 흥분한 목소리들. 하지만 밤이 깊어질수록 목소리들은 작아지고, 날이 밝으면 그 즉시 완전히 잦아들어 있다. 피로와 일자리를 잃을 두려움에 삼켜져 버렸다.

4

날마다 열두 시간씩 지속적인 스트레스를 받으며 2주 동안 일하고 난 뒤, 마침내 쉬는 일요일이 온다. 법률에 따르면 원래 엿새를 근무하고 나면 하루를 쉴 권리가 있지만, 그런 것은 제대로 지켜지지 않는다. 그래서 주문이 하나 완료되고 새로운 주문은 아직 보이지 않을 때에만 쉬는 날이 생긴다.

겨우 세 시간을 잔 뒤에 란은 평화롭게 코를 고는 소녀들과 여자들을 지나 살금살금 공동 침실을 빠져나온다. 오로지 호아만이 잠깐 눈을 뜨고서 깜짝 놀라 란을 바라본다.

"무슨 일이야? 내가 늦잠 자 버렸나?"

란은 씩 웃음이 나온다. 호아는 작업 시간이 얼마나 길어지든 상관없이 결코 늦잠을 잔 적이 없었다.

"엄마 아빠 만나러 가는 거야. 오늘 밤에 돌아올게!"

란이 속삭인다.

호아는 안도하여 고개를 끄덕이고 반대쪽으로 돌아눕는다. 호아도 이미 알고 있는 일이다. 란은 매번 쉬는 날이면 집에 있는 가족에게 간다. 그리고 요즘 들어 란은 문제없이 제시간에 일어나고 있다.

란은 계단을 내려가, 앞뜰을 지나 정문으로 간다. 문은 잠겨 있다. 하지만 이 시간에는 지키는 사람이 없다. 노동자들은 담장 안을 좀처럼 떠나지 않는다. 며칠 되지도 않는 휴일에만 가까운 도시에 가거나 가족이 란의 친척들처럼 근처에 살 경우에 한해 그들을 찾아갈 뿐이다.

란은 사방을 둘러본다. 모든 것이 아직 잠들어 있다. 란은 경비원들이 아침 여섯 시 무렵에 돌아올 때까지 기다릴 생각이 없다. 그리하여 정문을 기어 올라가 반대쪽 바닥으로 풀쩍 뛰어내린다. 란은 이곳에서부터 베트남 남부의 큰 도시인 호찌민 시로 쭉 이어지는 길을 따라간다. 걸음걸음마다 바로 이곳, 이 길 밑에서 여러 해를 보냈던 할아버지의 목소리가 들린다. 할아버지는 두더지처럼 땅속으로 파고 들어가 늘 발각될 위험을 안고서 고된 야간 작업을 하며 수백 킬로미터 길이의 지하 통로와 수평갱들을 건설했던 베트남 해방군 병사들 수천 명 중 하나였다. 그들은 작업장, 취사장, 공동 침실, 병원 등을 만들었다. 모두 바로 란의 발밑에, 오늘날까지 존재하는 터널 속에 말이다.

여러 날 저녁 동안 란은 할아버지 곁에 앉아 가슴을 두근거리며 할아버지와 전우들이 지하 은신처에서 미군 병사들을 공격했던 이야기에 귀를 기울였다. 미군들은 적군이 어디서 그렇게 난

데없이 나타나는지 감도 잡지 못했다. 나중에 터널을 발견했을 때, 그들은 전 지역에 융단 폭격을 퍼부었다. 이 대목에서 늘 할아버지는 한참동안 말을 멈추고 그 시절에 죽은 수많은 친구들을 생각했다. 베트남 병사들 중엔 여자들도 많이 있었다고 할아버지는 말했다.

"저녁이 되면 그들은 잠자리에 들기 전에 자기가 가진 가장 예쁜 옷을 입었지. 그리고 화장을 하고 머리를 빗었어. 밤중에 죽어야 한다면, 나중에 지저분한 옷을 입은 꼴로 발견되어선 안 된다고, 그 대신 올바른 일을 위해 싸운 당당하고 자신감 있는 여성의 모습으로 발견되어야 한다고 그들은 말했지."

작은 강 뒤에서 란은 방향을 꺾는다. 매번 이곳까지 오고 나면 마음이 풀린다. 길을 벗어나면서 기억 또한 버릴 수 있기 때문이다.

논들 한가운데에 작은 돌집들이 모여 서 있다. 집들은 커다란 안마당을 둘러싸고 지어져 있다. 란은 주위를 두리번두리번 살핀 뒤, 정문을 열고 작은 앞뜰을 가로질러 안마당으로 들어간다. 벽을 따라 죽 놓인 거적들 위에 어린 소녀들이 누워 있다. 누구도 열두 살을 넘지 않았다. 그들 사이에는 말린 야채들이 수북이 쌓인 채 잘게 썰리기를 기다리고 있다. 야채들은 그러고 나면 나중에 국수와 함께 봉지에 포장되어, 인기 좋은 인스턴트식품으로서 아시아뿐 아니라 바다 건너까지도 보내지게 된다.

란은 줄지어 잠자는 소녀들을 따라 걷다가, 이윽고 찾던 사람을 찾아낸다. 란은 어린 여자아이 위로 몸을 숙이고 아이의 팔을 가볍게 흔든다.

"찐! 눈 떠!"

아이는 얼굴을 찡그리며 다른 쪽으로 돌아눕는다.

"일어나, 찐! 안 그러면 우린 오늘 집에 못 가!"

이제 아이가 눈을 뜬다. 란을 보자 얼굴 위로 한 줄기 빛이 지난다. 잠시 뒤 란과 찐은 둘이 함께 먼지투성이 길가를 따라 걷고 있다.

"마(어머니)가 기뻐할 거야!"

찐은 란 곁에서 유쾌하게 깡충깡충 뛰어온다.

"그리고 타오도!"

란은 고개를 끄덕인다. 찐은 이웃집 딸인데 란의 여동생 타오와 가장 친한 친구이다. 이제 겨우 열두 살이지만, 국수 공장에서 일한 지 일 년이 넘었다. 찐은 그 뒤로 가족을 딱 한 번밖에 찾아가지 못했다. 길이 너무 멀어서다. 란은 지난번 방문 때 언제라도 집에 올 경우엔 찐을 함께 데려오겠노라고 찐의 부모에게 약속했다.

"배고파!"

찐이 칭얼거린다.

란은 배낭에서 어제 저녁 식사 때 남겨 놓았던 말라 버린 떡 한 조각을 꺼낸다. 아직 세 시간을 더 걸어야 한다. 해가 떠오르자, 길 위에 교통량이 늘어나고 더불어 먼지의 양도 늘어난다. 붉은 먼지들이 일어나 두 사람의 얼굴을 뒤덮는다.

오토바이들이 경적을 빵빵 울리며 앞질러 가고, 짐을 가득 실은 삼륜차와 호기심 어린 백인들을 잔뜩 태운 관광버스들이 지나간다. 더위가 심해지기 전에 꾸찌 터널 관람을 끝내려는 사람들이다.

한때 미국과 벌인 전쟁에서 가장 큰 싸움터 중 하나였던 곳이 오늘날엔 아무도 빼먹으려 하지 않는 관광 명소가 되었다. 몇몇 땅굴들은 특대형 체격인 서구 관광객들도 땅굴의 기분을 한번 겪어 볼 수 있도록 특별히 확장되었다.

"전쟁 관광이라니!"

란이 그런 이야기를 했을 때 아버지는 경멸조로 말하며 침을 탁 뱉었다.

"그런다고 몇 년을 어둠 속에서 지내는 게 무슨 의미인지 이해할 수 있다고들 생각하는 건지! 그건 꿈이 있을 때에만 견뎌 낼 수 있는 거야. 우리에겐 있었지, 조국을 해방하는 꿈 말이다!"

그리고 아버지는 오래된 유리병을 올려놓은 가족 제단으로 갔다. 병은 란이 기억하는 한 거기, 바로 그 장소에 있었고 아버지가 정기적으로 깨끗이 닦아 주었다. 다른 사람은 누구도, 어머니조차도 건드려선 안 되었다. 란은 병 안에 대체 무엇이 들었는지 여러 해 동안 알지 못했다. 머리가 서랍장의 키를 넘어서고 난 뒤에야 쌀 소주 속에서 헤엄치는 눈을 알아볼 수 있었다. 코브라의 눈.

먼지투성이 길은 끝이 없다. 찐의 작은 발이 점점 느려진다. 란은 찐을 질질 끌며 간다.

"봐, 자전거다!"

란은 이웃 동생의 기분을 바꿔 주려 노력해 본다. 자전거나 오토바이가 실어 나르지 못하는 것은 아무것도 없다. 목재 들보, 플라스틱 통, 심지어 거실 설비 절반 분량까지도. 아니면 자전거 핸들에 거꾸로 흔들흔들 매달려 있는 닭들. 닭들은 울퉁불퉁 팬 도로를 달리느라 의식을 잃은 채 걸려 있다. 자전거가 달리면서 일어나는 바람에 깃털만이 거칠게 펄럭거릴 뿐이다. 반면에 꿩음을 내며 지나가는 오토바이 위의 돼지는 가만히 있지 못하고 이리저리 버둥거린다. 운전사가 중심을 잡느라 진땀을 뺀다.

"운송 중에 얌전히 있도록 돼지를 마취하는 건 힘든 기술이야."

웃음을 머금고 돼지를 지켜보며 아픈 발을 잊고 있는 찐에게 란이 설명해 준다.

"마취를 너무 많이 하면 돼지가 죽어 버려서 고기가 더위에 금방 상하거든. 하지만 또 너무 적게 하면 돼지가 도중에 깨어나 진짜 곤란해지는 거지."

그 사이에 운전사가 내렸다. 돼지가 발버둥을 심하게 치는 통에 오토바이가 길 한가운데서 전복된다. 운전사가 묶인 돼지를 풀어 주자 사나운 경적 소리가 일어난다. 돼지가 달아나, 시끄럽게 꽥꽥거리며 달려간다. 그리고 남자를 줄곧 뒤에 달고 차도를 건너 논 속으로 사라진다. 남자는 오토바이를 길가에 내버려 둔다.

도로가에 몇몇 상인들이 가판대를 세운다. 바게트 빵, 야자유, 국수. 아직 아무것도 먹지 않은 시장한 사람들이 음식을 한 접시씩 사서 각양각색의 작은 플라스틱 의자에 쪼그려 앉는다. 신선한 나물들의 냄새가 먼지와 뒤섞인다.

란은 간절한 눈빛으로 바게트 빵을 빤히 바라본다. 배 속이 요란하게 꼬르륵거린다. 란은 손을 더듬어 주머니 속에 든 작은 지폐 뭉치를 찾는다. 바게트 하나와 국수 여러 그릇을 사고도 남을 터이다. 하지만 그 돈, 두 달치 임금은 가족들 몫이다. 찐도 서서 낮게 한숨을 쉰다.

"집에선 분명 벌써 잔치 음식을 해 놨을 거야!"

란이 찐의 머리카락을 쓰다듬는다.

"거기 가면 이따가 배가 터지도록 먹을 수 있어."

해가 솟아오르고, 천천히 열기가 오른다. 지금, 1월 초가 일 년 중에 가장 더운 시기이다. 더위를 식혀 줄 비 한 방울 없이 기온이 40도까지 치솟는다.

란은 사람들이 음식을 먹는 광경에서 눈을 떼고, 점점 지쳐 가는 찐을 질질 끌며 계속 걷는다. 마침내 메콩 강의 지류인 사이공 강으로 통하는 작은 샛길이 눈에 들어온다. 이곳에서 두 사람은 방향을 꺾어 큰길을 벗어난다. 이제 모페드(모터와 페달을 갖춘 자전거의 일종)가 지나갈 때마다 붉은 흙이 더욱 많이 일어난다. 란은 쿨럭쿨럭 기침을 하며 티셔츠로 입과 코를 가린다.

길은 강을 따라 이어진다. 강에서는 호찌민 시의 시장으로 과일과 야채를 싣고 가는 보트들이 그들을 앞질러 지나간다.

"마가 오늘은 있었으면 좋겠다!"

찐이 간절한 눈빛으로 보트들의 뒷모습을 바라보며 말한다. 찐의 어머니는 이른 아침에 거두어들인 채소들을 대도시 시장에 내다 팔기 위해 아침마다 집을 나선다.

찐은 지난번 집에 왔을 때 어머니를 보지도 못했다. 어머니는 찐이 다시 돌아가는 길에 나선 지 한참 지나서야 시장에서 돌아왔다.

"오늘은 계실 거야."

란이 약속한다.

"오늘은 큰 잔칫날이니까. 그런 날엔 일을 안 해. 우리 마을에선 늘 그랬는걸."

5

갈수록 낯익은 풍경이 펼쳐진다. 두 사람은 길을 버리고 논들 한가운데를 가로지르는 용수로를 따라 걷는다. 그러다가 란은 어느 돌무덤 앞에 멈춰 선다. 무덤을 덮은 묘석에는 '응우옌 아인 타인'이라고 새겨져 있다. 전통에 따라 논들 한가운데에, 란의 할아버지가 재작년에 묻혔다. 커다란 석판에 난 구멍 한 곳에 새 선향들이 꽂혀 있다. 란의 어머니가 향을 날마다 갈아 준다. 하얀 연기가 논 위로 흘러가고 있다. 란은 작은 향을 끄집어내어 두 손으로 얼굴 앞에 잡고서 돌아가신 할아버지를 공경하는 표시로 무덤 앞에서 깊숙이 몸을 숙여 절한다.

비록 돌아가신 지 이 년이 지났지만, 할아버지의 넋은 아직도 가족들 위를 떠다닌다. 할아버지가 틈날 때마다 인용하던 공자님과 다른 현인들 말씀은 지금도 여전히 가족들의 일상에 뿌리 깊이 박혀 있다.

란은 할아버지를 무척 좋아했다. 가족의 역사도, 미국과 싸우던 때의 이야기들도 할아버지에게서 들어 알게 되었다. 아버지는 말해 주려 하지 않는 것들이다.

"화해를 하려면 잊어버리는 수밖에 없어!"

란이 물어보면 아버지는 늘 이렇게 말한다.

"어제는 미국인들이 우리의 적이었지만, 오늘 우리는 그들과 거래를 하고 그들을 우리의 사원으로 안내하고 있잖니. 그들이 우리에게 저질렀던 끔찍한 짓을 더 이상 생각하지 않을 때에만 그런 것이 가능하단다."

반면에 할아버지는 기회가 있을 때마다 이야기를 해 주었다. 그렇게 해야만 진정 잊어버릴 수 있다는 것이 할아버지의 생각이었다.

"옛것을 알아야 새것이 보이는 법이란다!"

할아버지는 늘 오래된 격언을 인용했다.

란은 다시 한 번 절을 한다.

갑자기 찐이 깜짝 놀라 비명을 지른다.

"꼰 란(뱀)!"

묘석에 난 가느다란 틈새에서 뱀의 노란 머리가 밖을 내다보고 있다.

란이 웃는다.

"겁낼 거 없어! 그냥 줄꼬리뱀인걸. 이건 독이 없어. 대신 먹잇감을 목 졸라 죽이는데, 넌 너무 크잖아."

란은 뱀이 틈에서 완전히 기어 나올 때까지 기다린다. 그런 다음 머리를 움켜잡아 뱀을 높이 쳐든다. 뱀이 몸을 비비 꼰다. 란은 돌멩이로 머리를 쳐 뱀을 기절시킨다. 어머니가 좋아할 것이다. 커리 소스에 담긴 신선한 뱀 고기. 란은 입안에 군침이 돈다.

예전에는 정기적으로 아버지와 함께 뱀을 잡으러 다녔다. 쌀소주에 담근 코브라는 잘 팔리는데, 관광객들만 사 가는 것이 아니다. 베트남 사람들도 코브라 소주 한 잔을 높이 친다. 건강과 정력을 강하게 해 준다고들 한다.

란은 기절한 줄꼬리뱀을 손에 든 채 계속 걷는다. 찐은 잔뜩 들떠서 란 곁에서 총총걸음으로 걸어온다. 마침내 그들의 마을이 시작되는 작은 시장이 눈에 들어오자 찐이 달려 나간다.

"마!"

찐이 외친다.

"저 왔어요!"

란은 웃음을 지으며 뒤를 따라간다. 좋아할 사람은 찐의 가족만이 아니다. 란의 동생 타오도 친구가 돌아와 기뻐할 것이다. 비록 짧은 하루 동안뿐일지라도.

이곳에서 란은 돌과 야자수 하나하나까지 속속들이 알고 있다. 아버지는 삼십여 년 전 전쟁 때 북쪽에서 이곳으로 왔다. 하지만 어머니의 가족은 대대로 강가에 살면서, 강에서 물고기를 잡고 작은 논밭에서 쌀과 카사바와 채소들을 재배하고 있다.

사방에서 사람들이 시장으로 몰려온다. 채소를 가득 담은 광주리를 짊어진 여자들, 물 양동이를 들거나 생선과 과일이 가득한 바구니를 든 아이들.

강 바로 곁에는 가장 가난한 사람들이 종려 잎으로 오두막을 지어 살고 있다. 돈이 약간 있는 사람은 말뚝 위에 집을 지어 물과 쥐들이 못 들어오도록 해 놓았다.

모랫길의 반대쪽에는 실내 공간이 하나로 이루어져 있고 지붕을 댄 테라스가 있는 돌집들이 서 있다. 이곳에는 아이들을 학교에 보낼 여유가 있는 가족들이 산다.

강가에서는 아무도 굶주릴 필요가 없다. 하지만 저녁때 모두들 배를 채울 수 있으려면 가족들 각자가 일을 해야 한다.

란은 이제 물가를 따라 쭉 펼쳐진 시장에 다다랐다. 여자들이 빽빽하게 바닥에 쪼그리고 앉아 망고, 바나나, 새빨간 용과, 야자 열매, 빈랑나무 열매, 나물과 온갖 종류의 채소들을 대나무 광주리에 담아 내놓고 있다. 플라스틱 바가지 안에선 크고 작은 물고기들이 헤엄친다. 게들은 벌써 얼마간 의식을 잃은 채 서로 뒤엉키고 있다.

란의 발걸음이 점점 빨라진다. 그러다가, 부모님의 집이 보이자 란도 달리기 시작한다. 어머니가 다른 여자들과 함께 밥을 짓고 있다. 어머니는 란을 품에 안고 꽉 껴안는다. 비록 웃음을 지어 보이곤 있지만, 무엇인가 마음을 무겁게 짓누르는 얼굴이다.

축제 준비가 한창이다. 이웃이 새로 마련한 보트에 고사를 지낼 참인데, 물론 온 마을이 초대를 받았다.

보트는 물가에 놓여 있다. 밝은 파란색으로 칠하고 위쪽에는 빨간 테두리를 두른 배가 물속에서 출렁거리고 있다. 뱃머리에는 거대한 눈 두 개가 그려져 있다. 이 눈 없이는 어떤 보트도 바다로 나가지 않는데, 바다에는 용과 거대한 괴물 뱀들이 살고 있어서 배를 전복시키기 때문이다. 눈을 그려 놓으면 그들은 배도 용인 줄 알고서 무사히 보내 준다고 한다.

이웃은 마을 외곽의 절에서 승려도 한 분 모셔오기까지 했다. 그는 열두 살이 조금 넘은 어린 승려 둘을 데리고 왔다. 그가 노란 의복을 입은 채 엄숙하게 염불을 중얼거리며 배 위로 걸어가는 동안, 어린 승려들은 그를 뒤따른다. 한 명이 염불의 리듬에 맞춰 목탁을 두드리고, 다른 한 명이 일정한 간격마다 바라를 때리면, 그 울림이 사람들 너머 혼령들이 사는 곳까지 물결쳐 간다. 작은 모래 단지에 담겨 땅바닥 여기저기에 흩어져 있는 선향들에서 향내를 풍기는 연기가 나와 광장 위로 불려 간다.

란은 숨을 깊이 들이쉰다. 승려들의 단조로운 가락과 선향 냄새와 주위를 둘러싼 유쾌한 얼굴들. 다시 집에 오니 행복하다. 지난 몇 주 동안의 노고와, 작업 감독들의 험상궂은 얼굴은 모두 잊혔다. 작업장 안에서 나는, 감각을 마비시키는 고약한 접착제 냄새도 잊혔다.

오두막 안쪽에서 여동생의 웃음소리가 어머니의 목소리와 함께 들려온다. 그들도 가족이 다시 모여서 행복하다. 적어도 하루 동안은.

이웃 오두막에서 찐이 달려온다. 찐은 온 얼굴에 환한 빛을 띤 채, 껑충껑충 란 주위를 맴돌며 환호한다.

"나 여기 남아도 돼! 안 돌아가도 돼! 우리 오빠가 호찌민 시에 있는 호텔에서 일자리를 얻었거든. 돈을 잘 번다니까, 난 여기 남아도 돼."

란도 같이 기뻐한다. 찐은 그럴 자격이 있다. 나이 열한 살에 혈혈단신으로 국수 공장에 있어야 했고, 일 년을 씩씩하게 버텨 냈다.

"학교도 다시 다니니?"

찐은 고개를 젓는다.

"오빠가 그렇게 많이는 못 벌어. 난 시장에서 마를 도울 거야. 타오는 어딨어? 여기 남는다고 말해 줘야지."

란이 오두막을 가리킨다. 단짝 친구가 다시 떠나지 않아도 되어서 동생이 기뻐할 것이다. 멋진 날이다!

란은 아버지의 손에 지폐 뭉치를 쥐여 드린다. 아버지가 다정하게 머리를 쓰다듬어 준다. 란은 아버지의 얼굴을 들여다보며 고대하던 소식이 나올까 눈치를 살핀다. 공장에 돌아가지 마라. 그렇게 해도 우린 잘 해 나갈 거다. 학교에 다니려무나.

하지만 여느 때처럼 부질없는 일이다.

"네가 없으면 우린 안 되겠구나."

아버지가 다소 슬픈 목소리로 조그맣게 말한다.

란은 침을 꿀꺽 삼킨다. 이럴 줄 알고 있었다. 그럼에도 아마 결코 실현되지 못할 기적을 번번이 바라는 것이다.

"전 괜찮아요. 학교는 나중에 다니죠. 할아버지도 늘 말씀하셨잖아요. '큰 무리의 지도자는 무찌를 수 있지만 단 한 명의 굳은 결의는 흔들 수 없다고 공자님은 말씀하셨지.' 라고요."

란은 아버지에게 씩씩하게 웃음을 지어 보인다. 아버지는 무슨 말인가 하려다가, 입술을 꼭 다물고 란의 머리를 다시 한 번 어루만진다.

"다른 사람들에게 가 봐라. 오늘은 잔칫날이란다. 일상은 내일이 되어야 다시 시작되지. 저기 보트 위에 돼지가 보이니? 우리에게 행운을 가져다줄 거다!"

배 앞쪽에는 이날을 축하하기 위해 구운 돼지가 머리와 앞발을 앞으로 쭉 뻗은 채 나무 쟁반 위에 놓여 있다. 돼지는 햇빛을 받아 붉게 빛난다. 귀에는 종이로 만든 장밋빛 조화들이 꽂혀 있고 주위에는 가지각색의 떡과 지폐 한 뭉치가 놓여 있는데, 모두 강의 신령께 드리는 것들이다.

승려가 염불을 끝내자, 이웃인 반 아저씨가 걸어 나온다. 오른손에는 쌀알을 담은 커다란 사발을 들고 있다. 아저씨는 왼손으로 씨앗을 한 움큼 잡아 앞쪽으로 커다란 곡선을 그리며 던진다.

"이곳을 지나가는 배고픈 혼령님들께 드립니다."

그런 다음 그는 오른쪽으로 돌아서서 모든 과정을 되풀이한다. 이런 방식으로 동서남북 사방을 모두 챙긴다. 혼령들은 곳곳에 있는데, 그들의 기분을 상하게 해선 좋을 것이 없다.

그런 다음 격식을 차려 종이 돈을 강물에 놓는다. 물결이 빨갛고 노란 종이 다발들을 받아들여 바다를 향해 강 아래쪽으로 몰고 간다. 이제 보트와 보트를 타고 가는 모든 사람들은 강의 신령의 보호를 받는다.

사람들이 보트에서 돼지를 가져와 바삭바삭한 고기를 한 사람 몫씩 나누고, 잔치가 시작된다. 란은 돼지 껍질을 커다랗게 한 점 떼어 받는다. 조용히 앉아 한 입 한 입 맛있게 먹으면서, 눈으로 주위를 빙 둘러본다. 란은 다채로운 색깔들과 유쾌한 목소리들, 행복한 얼굴들을 모아 담는다. 공장에서 앞으로 몇 주 동안 더 잘 견뎌 내도록 도와줄 기념물인 것이다.

6

시간이 순식간에 지나간다. 모두들 한창 함께 앉아 이야기하며 웃고 있을 때, 란이 떠날 시간이 된다. 친척 한 분이 이웃 마을까지 차를 태워 주겠다고 한다. 그렇게 하면 걷는 길이 두 시간 절약된다.

친척이 출발을 서두른다.

그때 아버지가 란을 따로 불러낸다. 아버지는 바지 주머니에서 편지를 한 장 꺼내어 란에게 건넨다. 편지를 보낸 사람은 호찌민 시에 있는 어느 변호사이다. 란은 당황하여 편지를 펼치고 읽기 시작한다.

"유감스럽게도 귀하의 배상 청구가 제1심에서 기각되었습니다. 미국의 화학 재벌들은 어떤 책임도 부인하고……."

이어진 말들이 란의 눈앞에서 희미해진다. 모두 헛일이었다! 몇 년에 걸친 토론들, 여러 장에 걸친 서한들, 배상에 대한 기대. 할아버지가 이 편지를 읽을 일이 없어서 다행이다. 돌아가셔서 다행이다. 란은 깜짝 놀라 눈을 번쩍 뜬다. 어떻게 그런 생각을 할 수 있단 말인가! 이태 전 할아버지의 죽음은 너무나도 급작스러웠기에 정말 끔찍했다. 아마도 란이 온 가족 중에서 할아버지를 가장 많이 그리워할 것이다.

"전쟁에선 우리가 미국인들을 무찔렀지만, 이젠 그들이 우리를 무찌르고 있어."

아버지가 말한다.

"그들이 비행기에서 우리 땅으로 뿌린 독극물의 후유증으로 우리 동포 수백만이 고통 받고 있지. 하지만 그들은 배상금을 주지 않아. 우린 아이들과 손자들을 우리 힘만으로 낫게 해야 해."

"어떻게 할 방법이 전혀 없나요? 화학 공장들은 병이 난 미군 병사들에게도 돈을 지급했잖아요. 할아버지가 그러셨는걸요."

아버지가 웃는다. 하지만 그것은 쓰디쓴 웃음이다.

"우린 소송을 계속할 돈이 없단다. 그리고 정의란 공짜로 존재하지 않는 법이지."

"하지만 적어도 노력은 해 봐야죠! 그냥 이대로 포기할 순 없어요. 그렇게 하는 건 할아버지도 원하지 않으셨을 거예요."

"지금도 벌써 변호사에게 돈을 많이 썼는걸! 너무 많이. 아주 너무 많이 말이다!"

아버지의 목소리가 란의 흥분한 머릿속으로 아주 작게 겨우 비집고 들어온다.

"우린 빚을 졌단다. 아주 많이. 만약 빚을 못 갚는다면, 꼰 찌우

(물소)를 압류당할 거다."

란은 깜짝 놀라 아버지를 바라본다. 물소는 오두막과 논 말고는 가족의 유일한 재산이다. 사실 재산이라기보다는 가족 구성원에 더 가깝다. 물소를 파는 것은 생각할 수도 없다.

"하지만 논에서 일하려면 물소가 필요한걸요. 혼자서 어떻게 하시려고요? 바(아버지)는 편찮으시잖아요."

"그래, 우린 그 녀석이 필요하지. 그래서 말인데 네가 타오를 좀 같이 데려가야겠구나!"

"데려간다고요? 어디로요?"

아버지는 잠시 뜸을 들였다가 말한다.

"국수 공장, 찐이 일하던 곳 말이다. 타오가 찐의 자리를 받을 수 있을 거다. 우린 돈이 한 푼이라도 더 필요해!"

"바! 타오는 겨우 열한 살이에요! 그리고 국수 공장은 신발 공장보다 더 심한걸요. 법을 제대로 지키는지 아무도 검사하지 않거든요. 아이들은 쓰러질 때까지 일해요. 그리고 타오는 완전히 혼자일 거예요. 찐이 여기 남잖아요."

"우린 돈이 필요하단다. 박(아저씨, 백부, 숙부를 가리키는 말) 뚜네 아이들은 호찌민 시에 가서 의사를 봐야 해. 이제, 미국인들이 배상금을 주지 않는 판국에선, 우리가 부담할 수밖에 없구나."

"그럼 타오를 신발 공장에 같이 데려가겠어요. 그렇게 하면 제가 돌봐 줄 수 있잖아요."

"하지만 거기선 열네 살이 되어야 일할 수 있잖니. 법에 그렇게 되어 있는걸!"

란은 웃는다. 하지만 그것은 찬웃음이다.

"규정! 법! 그런 건 아무도 관심 없어요. 그저 조사단이 올 때면 그들이 다시 가 버릴 때까지만 어린애들을 모두 공동 침실에 숨겨 놓으면 그만이죠."

"그럼 좋다. 타오를 같이 데려가거라. 난 다른 해결책이 있었으면 했다. 너희 엄마랑 한참을 얘기해 봤지만, 아무런 방법도 떠오르지 않더구나. 네 동생을 찾으러 가거라, 란. 이제 출발해야지!"

충격에 멍해져서 란은 동생을 찾아 나선다. 오두막 안에 가 보니 어머니가 눈이 빨갛도록 울고 있었다.

"타오를 잘 돌봐 주렴, 란!"

란은 고개를 끄덕이며 어머니를 꼭 껴안는다.

"타오는 어디 있어요?"

온 가족이 타오를 찾는다. 이윽고 란은 강가 덤불 밑에서 친구 찐과 함께 있는 타오를 찾아낸다.

두 사람은 서로 꼭 붙어 앉아 있다.

"난 같이 안 갈래!"

타오가 말한다.

"여기 남아 있을 거야!"

"나도 여기 남는걸!"

찐이 말한다.

"내가 다시 집에 있는데, 타오가 가 버릴 순 없어!"

란은 눈물범벅이 된 여동생의 작은 얼굴을 잠시 가만히 바라본다. 도와줄 수 있다면 얼마나 좋을까. 일 년 전에는 바로 란 자신이 여기 강가에 앉아 울었다. 하지만 그때처럼 지금의 타오도 선택의 여지가 없다.

"난 같이 안 갈래!"

타오가 다시 한 번 말한다.

"알았어!"

란이 말한다.

"억지로 갈 필요는 없어. 단지 내가 뭘 좀 보여 줄 테니, 그래도 네가 남겠다면 난 혼자 돌아갈게."

타오가 방금 들은 말을 못 믿겠다는 듯 란을 바라본다.

"여기 남아도 된다고? 바가 뭐라고 하실까?"

가족 안에서 각자 무엇을 해야 할지 결정하는 것은 여전히 아버지이다.

"내가 바랑 얘기할게."

한 줄기 빛이 타오의 얼굴에 스친다. 무거운 짐이 동생에게서 덜어지는 것을 란은 볼 수 있다. 약간 안됐다는 생각이 든다.

란은 강을 끼고 조금 걸어가 큰아버지 뚜의 오두막으로 타오를 데려간다. 오두막 앞에는 큰아버지의 세 아이들이 앉아 있다. 남자아이 둘과 여자아이 하나로, 열여섯, 열다섯, 열세 살이다. 란 자매의 목소리가 들리자 그들의 얼굴이 온통 환해진다. 그들이 란 쪽으로 얼굴을 돌린다. 란은 그들이 손을 더듬어 찾을 수 있도록 몸을 숙여 준다. 타오도 땅바닥에 쪼그려 앉는다. 두 남자아이들과 여자아이의 민첩한 손가락이 란과 타오의 얼굴을 훑는다. 그들은 웃으며 기뻐한다. 란과 타오를 보지는 못한다. 남들은 눈이 있는 자리에 커다란 구멍만 두 개 있을 뿐이기 때문이다. 절망한 부모들이 호찌민 시 병원의 의사들에게 문의해 본 결과 유전자 결함으로 밝혀졌다.

란은 타오에게 옆으로 나오라고 손짓한다.

"언니와 오빠들을 잘 봐."

란이 말한다.

"자기 손으론 절대 돈을 못 벌 거야. 눈이 왜 없는지는 알고 있지?"

타오는 고개를 끄덕인다.

미국인들과 싸운 전쟁 이야기는 수없이 많이 들었다. 미국인들이 어떻게 비행기에서 땅으로 고엽제라 불리는 독약을 뿌렸는지 수없이 많이 들었다. 큰아버지 뚜는 그 시절에 강에서 물을 마셨고 독이 뿌려진 과일을 먹었다. 그 시절엔 하늘에서 떨어지는 노란 비가 어떤 짓을 저지르는지 아무도 몰랐다. 큰아버지 자신은 뚜렷한 병세가 나타나지 않았지만, 한참 지나서 아이들이 장애를 안은 채 태어났다. 눈 없이. 아이들 셋 모두 기형으로. 처음에 부모는 나쁜 귀신들 짓이라 믿었지만, 그러다가 처지가 비슷한 다른 가족들 이야기를 듣게 되었다. 곳곳에서 사람들이 독을 접했고 곳곳에서 기형인 아이들이 태어났다. 팔이 셋 달린 아이들, 얼굴에서 코가 있어야 할 자리에 구멍이 난 아이들, 다리가 없어 평생 뱀처럼 땅 위를 기어 다녀야 하는 아이들.

아이들이 태어난 뒤로 정보를 모으고 의사에게 줄 돈을 마련하느라 이리저리 지칠 줄 모르고 뛰어다닌 사람은 할아버지였다. 할아버지는 아이들에게 귀신과 옛날 전쟁 영웅들이 나오는 동화를 들려주는 대신, 200만 명에 가까운 베트남 사람들이 미국의 독약에 해를 입은 이야기를 해 주었다. 호찌민의 병사들이 몸을 숨기지 못하게끔 열대 우림의 잎을 말려 버릴 목적으로 전쟁 동안 8천만 통이 투하되었다.

"폭격으로 공산주의자들을 석기 시대로 돌려놓겠다!"

미국 대통령은 그 시절에 이렇게 말했다.

미군들이 그렇게는 하지 못했다. 하지만 투하된 독은 전쟁터에서 그것과 접촉한 사람들에게 암을 발병시켰고, 그들의 아이들과 손자들에게 심각한 기형을 일으켰다. 쌀과 채소가 자라는 땅이 여전히 오염되어 있는 탓이다.

큰아버지와 큰어머니는 절망했다. 하지만 다행히도 가족이 있었다. 란의 아버지가 형제의 아이들을 자신의 아이들인 듯 돌봐 주었다. 아버지는 자신의 아이들이 건강하게 태어나서 기뻤다. 그래서 란을 신발 공장에 보내는 것도 당연하다고 생각했다. 두 팔과 다리가 건강한 사람은 가족이 배를 채우도록 힘을 보탤 수 있기 때문이다.

"언니나 오빠들이랑 바뀌고 싶어?"

타오가 깜짝 놀라 얼굴을 찡그린다.

"왜 안 바꿔? 그럼 넌 여기 남아서 하루 종일 놀 수 있는데. 너더러 신발 공장에 가라고 할 사람 아무도 없을걸."

란은 이렇게 말해야 하는 자신이 밉다.

타오가 침을 꿀꺽 삼킨다. 세 명의 사촌들을 마지막으로 바라보고, 찐을 껴안는다. 찐이 필사적으로 꼭 매달린다. 타오는 찐을 옆으로 밀고, 란의 손을 움켜쥐고 걸음을 뗀다. 이웃 마을까지 차를 태워 주려던 친척은 오래전에 출발했다. 찐이 조금 뒤에 처져 따라온다. 타오는 다시는 돌아보지 않고서 걷는다. 다만 눈에서 하염없이 흘러나오는 눈물을 이따금씩 훔칠 뿐이다.

란과 타오는 말없이 나란히 걸어간다.

이윽고 타오가 말한다.

"할아버지가 미국인들에게서 돈을 받아 내려고 소송을 거신 줄 알았는데……."

란은 고개를 끄덕인다.

"그렇게 하셨어. 하지만 그들은 돈을 내지 않아."

"할아버지가 이런 꼴을 더 이상 안 보셔서 다행이야!"

타오가 조그맣게 말하며 란의 손을 힘껏 꽉 잡는다.

란은 고개를 끄덕인다. 이 소송을 이겨 마침내 장애아를 둔 가족들에게 돈을 얻어 주는 것이 할아버지의 큰 꿈이었다. 소송이 기각되었고 배상금이 지불되지 않는 것을 보시지 않아도 되어서 다행이다. 그런 모습을 본다면 할아버지의 마음이 갈가리 찢어졌을 것이다.

7

네 시간 뒤 란과 타오는 공장이 끝에 자리한 작은 마을에 다다
랐다.

"여기서부터 레 가족이 소유한 땅이야."

란이 동생에게 설명해 준다.

"삼 년 전까진 여기서 농부들이 벼만 키우며 살았어. 그러다가
어느 날 토지 전매자들이 왔지. 그 사람들은 레 가족의 이름으로
논들을 차례차례 구입하고 거대한 작업장들을 지었어. 이곳에선
이제 신발이랑 가구랑 국수 등이 생산돼."

란과 타오는 국수 공장 두 채를 둘러싸고 있는 긴 담장을 끼고
묵묵히 걸어간다.

"찐은 좋겠다."

타오가 나직이 말한다.

"집에 남아 있어도 되잖아. 나도 시장에서 마를 거들면 좋을 텐
데……."

"걔는 여기서 꼬박 일 년을 일했잖아. 너도 일 년 지나면 집에

있어도 될지 몰라."

다시 논들이 나오고, 마침내 신발 공장을 뒤에 둔 담장이 앞에 보인다.

두 사람은 정문이 보일 때까지 담장을 따라 걷는다. 갑자기 란이 타오의 팔을 꽉 잡는다.

"여기서 기다려!"

란이 속삭이고 살금살금 문을 향해 조금 더 다가간다. 저녁 열 시까지는 모두 담장 안에 다시 들어와 있어야 한다. 정확히 몇 시인지는 모르지만, 해가 이미 오래전에 졌으니 틀림없이 자정이 지났을 것이다.

멀리서도 문 옆에 서 있는 경비들이 보인다. 그들은 값비싼 기계들이 없어지는 것을 막고, 물론 공장 울안으로 들어오거나 나가는 사람을 통제하는 일을 한다. 호아의 말로는 돈 몇 푼만 주면 아무나 들여보내 준다고 하지만, 란은 돈을 전부 집에 주고 왔다. 경비들에게 붙잡힌다면 란은 임금을 깎일 것이고 타오는 당장 집으로 돌아가야 할지도 모른다.

그래서 란은 담장을 따라 살금살금 돌아와, 뒤쪽 끝에서 담을 넘기로 한다. 란은 담을 잘 탄다. 집에 있던 때엔 나무에서 가장 큰 야자 열매들을 따 오곤 했었다. 어머니는 그런 모습을 좋아하지 않았다. 여자아이는 나무에 기어올라선 안 되었다. 하지만 아버지는 그저 웃기만 했다.

아버지가 말했다.

"전쟁 땐 여자들과 여자애들이 지금하곤 전혀 달랐지. 나무에 기어오르는 건 정말 별일도 아니었어!"

그리하여 이 담장은 란에게 별 방해가 되지 못한다. 타오도 어렵지 않게 담을 넘을 수 있어서 두 사람은 반대쪽에 풀쩍 뛰어내린 뒤, 덤불 뒤에 몸을 움츠리고 귀를 기울인다. 아무 소리도 들리지 않는다.

"자, 계속 가!"

란이 지휘를 한다.

"담장을 따라서. 이제 다 왔어."

갑자기 커다란 그림자 두 개가 불쑥 나타나, 소녀들에게 달려들어 두 사람을 땅바닥에 내던진다. 란과 타오는 공포로 얼어붙은 채 드러누워, 이빨을 드러낸 주둥이 두 개를 들여다본다. 주둥이가 움직일 때마다 위협적으로 으르렁거린다.

"루! 끼!"

남자아이가 외치는 소리가 점점 다가온다.

"끼이이! 루우우우! 디 디(저리 가)!"

개들이 고개를 든다. 하지만 란이 움직이자 고개가 곧바로 다시 돌아온다. 구린내 나는 뜨거운 숨결이 란의 얼굴을 스친다. 란은 숨을 참는다.

"움직이지 마! 침착해!"

란이 동생에게 속삭인다. 곁에서 타오의 가쁜 숨소리가 들려온다.

"루! 끼!"

덤불을 헤치며 남자아이 한 명이 달려온다. 란보다 나이가 그리 많지 않다. 뒤에는 다른 두 명이 더 있다. 란을 보자 그들은 웃기 시작한다.

"밤손님이다! 개들이 밤손님을 잡았어!"

"한 방에 도둑 둘이야! 잘했어, 얘들아!"

"난 도둑이 아니야!"

란의 목소리가 무척 격분해 있다.

당장 개의 이빨이 목을 위협하며 다가온다. 개가 성난 소리로 크게 으르렁거린다.

"가만히 누워 있어! 도둑이 아니란 말이지? 그럼 뭐야? 울타리를 타 넘고 밤중에 남의 땅에 몰래 들어가는 건 밤손님밖에 없는데……."

어쨌든 남자아이가 소녀들을 놔두라고 명령하자 개들이 말을 따른다.

"같이 가자! 그리고 거기 꼬마도!"

그러고서 그가 란에게 말한다.

란과 타오는 덤불 사이를 지나 불이 환하게 밝혀진 집으로 그를 따라간다. 테라스에는 다른 남자아이 둘과 여자아이 셋이 앉아 있다. 모두 열세 살, 열네 살이다. 그들이 깜짝 놀란 얼굴로 빤히 바라본다. 쟁반에 음료를 받쳐 들고 있는 집안 일꾼도 어리둥절한 듯 바라본다.

이제야 란은 테라스 끝에 놓인 시디플레이어에서 날아오는 음악소리가 귀에 들어온다.

여자아이 한 명이 마이크를 들고 있다가 노래 가사가 지나가는 화면으로 다시 눈길을 돌린다. 그녀가 음악에 맞춰 노래를 부르는 동안, 다른 사람들은 귀 기울여 듣는다. 노래방 파티다.

"이름이 뭐지?"

개들 주인인 소년이 묻는다.

"란."

"난 따이야. 이쪽은 내 친구들…… . 우리 노래방 클럽에 잘 왔어. 노래할 줄 알아?"

란은 신중을 기하여 고개를 젓는다. 노래는 지금 절대로 부르고 싶지 않다. 피곤한 몸을 이끌고 침대에 들어가고 싶을 뿐이다. 새 근무 시간이 몇 시간 있으면 시작된다.

"에이, 자! 노래 못 부르는 사람이 어디 있어?"

"여기 마이크 받아!"

"어서, 실력 좀 보여 봐! 못 부르면 좀 어때?"

따이의 친구들이 격려의 박수를 친다. 란이 못 하겠다고 계속 버틸 새도 없이 벌써 마이크가 손에 들려 있다. 따이가 버튼을 누른다.

잔잔하고 우울한 가락이 테라스 위를 떠돈다.

란은 머뭇거리며 고개를 설레설레 젓는다. 목소리가 목구멍에 걸려 있다. 란은 마이크를 내려놓으려 한다.

"노랠 안 부르면, 우린 널 밤손님 취급할 수밖에 없어, 그렇지?"

따이는 뒷전에서 의심에 찬 눈길로 사태를 주시하고 있는 집안 일꾼을 쳐다본다. 그가 힘차게 고개를 끄덕인다.

"부르든 안 부르든 그렇게 해야죠!"

그가 미심쩍은 눈으로 란을 흘끗 바라보며 말한다.

"저 아이가 뭘 할 생각이었는지 누가 알겠어요! 도련님이 밤손님을 초대해 노래를 시킨다면 아버님께서 뭐라고 하시겠어요!"

"그렇게 위험해 보이진 않는걸! 그러니까 어서, 란인지 뭔지."

따이가 웃으며 란의 옆구리를 쿡쿡 찌른다.

"이제 실력 좀 보여 보라고!"

따이의 친구들이 환호성을 지른다. 여기서 누가 우두머리인지가 빤히 보인다.

"아인 무온 노이 예우 앰!"

란은 노래하며 얼굴을 붉힌다. 다른 아이들이 낄낄거린다.

"널 사랑한다고 말하고 싶어!"

이 가사는 원래 남자가 부르는 것이다. 하지만 란은 이제 자신이 어디에 오게 된 것인지 알 것 같아 최대한 애를 쓴다. 란과 타오가 담을 타 넘은 땅은 공장 옆에 놓여 있으니 공장의 소유주, 즉 레 사장의 것일 테고, 그러면 이 따이란 녀석은 아마도 사장의 아들일 것이다.

만약 란이 남몰래 공장을 나갔다가 이제 여동생마저 몰래 들이려 한다는 것을 따이가 알게 된다면 – 어떻게 될지 알 수 없다. 타오는 자기보다 큰 여자애들 곁에서 잔뜩 몸을 움츠린 채 서서 차마 고개를 들 엄두도 못 내고 있다.

그렇다면 차라리 노랠 부르자, 란은 생각한다. 다행히 아는 노래라서 한 줄 한 줄 부를수록 자신감이 붙는다.

후렴구는 모두 같이 부른다. 노래가 마침내 끝나자, 그들은 열광하여 손뼉을 친다.

"나쁘지 않은데!"

따이가 말한다. 따이는 란에게 주스를 한 잔 내놓는다. 그런 다음 타오 차례가 된다. 틀림없이 녹초가 되었을 텐데도 타오는 자기 할 일을 썩 잘 해내어, 이번에도 모두들 손뼉을 친다. 타오는 따이가 가볍게 절하며 건네는 망고 주스를 감사히 받아들며 뿌듯한 미소를 짓는다.

란은 주스를 홀짝홀짝 마시며 이제는 중앙 무대를 벗어난 것에 기뻐한다. 먼지가 잔뜩 묻은 어두운 색 면바지와 길 먼지에 벌겋게 물든 티셔츠 차림으로, 설날 때가 아니라도 새 바지가 생길 청소년들 한가운데에 있자니 기분이 무척 불편하다. 호찌민 시에서 가장 비싼 가게 것임을 한눈에 알 수 있는 청바지들 말이다. 여자 아이들은 스팽글을 수놓은 화려한 티셔츠를 입고, 새 샌들을 신고 있다. 검고 긴 머리카락은 번쩍이는 머리핀으로 묶여 있고, 커다란 금 귀걸이가 어깨까지 대롱대롱 드리워져 있다.

열린 문 사이로 거실이 흘끗 보인다. 거실 하나의 크기가 란의 부모님 오두막 전체와 맞먹는다. 검붉은 목재로 만든 걸상과 안락의자들이 검게 옻칠한 탁자를 둘러싸고 있다. 벽에는 거대한 텔레비전이 있다.

집안 일꾼이 의심스러운 눈초리로 란 주위를 살금살금 맴돈다.

"출입 금지야!"

란이 좀 더 잘 보려고 열린 문 쪽으로 한 걸음 다가서자 그가 위협적으로 말한다.

그러고서 모두들 노래 한 곡을 같이 부른다. 그리고 자꾸만 란과 타오에게 혼자 노래를 시킨다. 끝이 나지 않는다. 노래는 모든 파티에서, 공공의 공원에서, 바닷가에서 사람들이 어울려 놀 때 가장 좋아하는 것이다. 노래할 줄 아는 사람이라면 누구나, 아니면 못하는 사람들도, 마이크를 손에 들고 함께한다. 그리고 따이네 가족처럼 여유가 되는 사람들은 집 안에 개인 장비를 갖추고 있다.

"너희들 내일 학교 안 가도 돼?"

란이 마침내 묻는다. 눈을 제대로 뜨고 있기도 힘들다.

아이들이 란을 비웃는다.

"갔으면 좋겠지? 내일은 학교 쉬는 날이야. 늦잠 자도 된다고!"

란과 타오는 하늘이 밝아 올 무렵에야 풀려난다. 이번에는 란이 담장을 제대로 찾아낸다. 두 사람은 담을 타 넘고, 더 이상의 소동 없이 공동 침실로 가, 기진맥진하여 란의 침대로 쓰러진다. 그리고 서로 몸을 바짝 붙인 채 잠든다.

새 근무 시간이 두 시간 지나면 시작된다.

8

고작 몇 초밖에 안 지나간 듯한데, 벌써 호아가 란의 팔을 잡고 흔든다.

"일어나! 란! 아침때가 이미 지났어! 십 분 있으면 근무 시작이야."

"흐음?"

란이 중얼거리며 이불을 머리 위로 끌어당긴다.

"충분히 잤잖아! 여기 밥이랑 차 있어! 자, 어서!"

란은 눈을 깜빡인다.

"나 노래해야 했어!"

란이 중얼거린다.

"뭐라고?"

"밤새도록 노래했다고! 별로 말이야!"

호아는 이맛살을 찌푸린 채 친구를 살핀다. 아마 머리에 햇볕을 너무 많이 쬔 모양이다. 이불 밑에서 머리 또 하나가 불쑥 나오자 호아는 깜짝 놀라 흠칫 물러난다.

"누구야? 얘는 난데없이 어디서 온 거야?"

"내 동생 타오야! 여기서 일해야 해. 이제 우리 좀 자게 놔둬 줘!"

하지만 호아는 물러서지 않는다. 비록 나이 차이도 거의 안 나지만 호아는 란에게 책임감을 느낀다. 공장에서 중요한 것은 연령이 아니라 커다란 작업장에서 보낸 시간들이다. 이곳에선 하루하루 지날 때마다 집에서보다 더 빨리 나이를 먹는다.

란이 침대에서 억지로 기어 나온다.

"네 동생은?"

"푹 자게 놔두자. 일은 내일 시작해도 충분해."

"그런데 쟨 너무 어리잖아."

"알아, 하지만 우린 돈이 필요한걸. 그리고 국수 공장에 혼자 있는 것보단 여기서 나랑 있는 게 더 나아."

란은 밥을 한 숟가락 입안에 떠 넣고 차 한 모금과 함께 삼킨다. 그러고서 타오에게 이불을 덮어 주고 호아와 함께 작업장으로 달려 내려간다. 다른 노동자들은 벌써 자신들이 맡은 반제품 신발들 위로 몸을 숙이고 앉아 있다.

정오 휴식 때 작업 감독에게 문의를 하자 그는 란을 옆 건물 사무실로 보낸다. 란의 여동생도 노동자로 채용되는 데는 채 십 분도 걸리지 않는다. 그들은 타오를 보려고도 하지 않는다.

"내일 작업 시간에 제때 맞춰 오라고 해."

비서는 이렇게 말하고 더 이상 묻지 않는다. 유럽에서 온 새로운 주문으로 일손이 하나라도 더 필요한 실정이다.

"침대가 거의 안 남았어. 동생이 쓸 빈 침대가 어디 있나 네가 찾아봐."

"걘 제 침대에서 잘 거예요. 집에서도 우린 그렇게 하거든요."

비서는 고개를 끄덕이며 란에게 방에서 나가라고 손짓한다. 고용 계약서는 없다. 그런 것은 공장에서 아무도 갖고 있지 않다.

다음 날 아침 란은 동생을 작업장으로 데려간다. 타오는 눈을 동그랗게 뜨고 두리번거린다. 다른 사람들이 친절하게 고개를 끄덕여 인사한다. 더 이상은 하지 못한다. 작업 시간의 일 초 일 초가 귀중하다. 작업 감독이 타오에게 란의 앞 열에 자리를 지정해 준다. 란은 타오의 민첩한 작은 손가락이 옆자리의 더 큰 소녀들이 일하는 속도를 금세 따라잡는 모습을 흐뭇하게 지켜본다.

날들이 지나간다. 일 분 일 분, 한 시간 한 시간, 다음 날과 같고 전날과도 같은 하루가. 천천히, 하지만 어김없이 뗏(설) 명절이 다가온다. 처음에 란은 꼬박꼬박 시간을 세었지만, 그렇게 하면 기다리는 시간이 짧아지는 대신 늘어나기만 할 뿐이다.

커다란 작업장에서 노동자들 대부분도 란과 사정이 비슷하다. 그들은 일하면서 2월 7일을, 베트남 새해 명절인 뗏을 기다린다. 뗏은 한 해에서 가장 큰 행사이며 전국의 기계들이 며칠 동안 멈추고, 가게와 식당이 문을 닫고, 모든 사람들이 일을 쉬는 유일한 축제이다. 돼지 해가 끝나고, 쥐의 해가 시작된다.

란은 고향에 걸어서라도 갈 수 있어 기쁘다. 이 시기에는 기차 표가 모조리 매진되기 때문이다. 명절의 앞뒤 주간에는 온 베트남이 여행 중이다. 모두들 명절을 맞이해 고향에 돌아가려 하는데, 종종 고향이 일자리를 찾은 곳에서 수백 킬로미터 떨어져 있기도 하다.

즐거운 기대 때문에 공동 침실도 그리고 작업장조차도 이례적으로 유쾌한 분위기가 가득하다. 모두들 지난 새해 명절에 대해, 한 해가 넘도록 보지 못한 친구들과 친척들에 대해, 이 명절 때에만 있는 온갖 맛 좋은 요리들에 대해 이야기한다. 바인쯩과 바인저이와 홋즈어와 꾸끼에우를 생각할 때면 군침이 도는 것은 란뿐만이 아니다.

일하는 동안 말하는 것은 일반적으로 엄격하게 금지되어 있지만, 뗏을 앞둔 요즈음에는 손가락이 부지런히 일을 계속하는 한, 작업 감독들도 약간 너그러워진다.

다만 두 사람은 예외다. 찌중과 신임 작업 감독. 그는 이름이 반이고 사장의 사촌이다. 가족 기업에서 일하러 사장의 고향인 북부 지방에서 많은 친척들과 함께 이곳으로 내려온 지 얼마 되지 않았다. 이 반이라는 자는 곧바로 감시직에 임명되었는데, 아무래도 노동자들을 유난히 가혹하게 다루어서 자기 사촌에게 신뢰를 얻고 감사 인사를 받으려는 듯 보인다.

누구든 잠깐이라도 손을 작업대 위에서 쉬면, 작은 대나무 막대기가 날아와 그들이 여기 쉬려고 앉아 있는 것이 아니며 그들이 지체할 때마다 사장 가족의 돈과, 따라서 작업 감독 반의 돈도 손실을 입게 되리란 사실을 상기시켜 준다.

타오도 반의 괴롭힘을 피하지 못한다. 타오가 그의 막대기에 처음 등을 맞고서 아파 움찔하자, 란은 벌떡 일어나 주먹을 쥔다. 란은 격분하여 반을 바라보지만, 그는 그저 씩 웃으며, 타오를 잡아 일으켜 팔을 든 채 바닥에 무릎 꿇고 한 시간 동안 벌을 서게 한다. 눈물이 타오의 얼굴 위로 흐른다. 타오가 란 쪽을 건너다보지만, 란도 두 사람의 일자리를 걸지 않고선 어떻게 도와줄 도리가 없다.

다른 사람들은 마치 아무 일도 없었다는 듯 일을 계속한다. 왜 아무도 어떤 행동을 취하지 않는 것일까?

"넌 끼어들지 마!"

민이 경고한다. 비록 이제 눈에서 미움의 빛은 가셨지만 민은 여전히 란을 지켜보고 있다.

"상황만 더 나빠질 뿐이야! 우린 복수를 하겠지만, 다르게 할 거야. 저들이 어찌해 볼 기회가 없도록 말이야. 차분하게 있어! 아직은 때가 아니야!"

하지만 란은 기다릴 만큼 기다렸다. 단지 너무 지쳐 잠들었다는 이유만으로 동생이 벌 받는 모습을 두 번째는 가만히 보고만 있을 수 없다.

작업 시간이 끝난 저녁, 란은 뜰로 나가 작은 돌멩이들을 모아서 바지 주머니에 채워 넣는다.

그리고 다음 날 타오가 다시 막 잠들려 할 때, 란은 돌멩이를 하나 집어 타오의 어깨에 던진다. 그것은 아프지는 않지만, 졸음을 깨워 준다.

작업 감독은 두 줄 떨어진 곳에 서서 벌써 한참동안 의심스러운 눈초리로 소녀의 가라앉는 고개를 곁눈질하고 있었다.

타오는 깜짝 놀라 몸을 벌떡 일으키고, 주위를 두리번거리다가 씩 웃고 있는 란의 얼굴을 본다. 타오는 란에게 고맙다는 웃음을 지어 보이고 속도를 두 배로 올려 일을 계속한다. 란도 만족하여 고개를 다시 운동화 위로 숙인다.

작업 감독은 타오를 잠시 더 주시하다가 돌아선다.

란의 돌멩이는 이때부터 날마다 몇 차례씩 날아간다. 작업 시간이 길어질수록, 더욱 빈번히. 란은 타오뿐 아니라 돌멩이의 사정거리 안에 앉아 있는 사람들도 모두 도와준다. 노동자들은 그들을 눈여겨보고 있다가, 란의 돌멩이가 그들을 때맞춰 깨워 작업 감독이 또다시 한발 늦게 될 때면 기뻐한다. 민조차도 씩 나오는 웃음을 지으며 란에게 눈짓을 보낸다.

9

　어느 날 아침 작업 감독 반은 뚜껑을 닫은 바구니를 팔에 들고 작업장에 들어온다. 얼굴에는 기대에 찬 웃음을 씩 지은 채 작업 라인 사이를 걸어 다니며, 두려움이 서린 의심스러운 눈길들이 자신을 뒤쫓는 것을 즐긴다. 란의 돌맹이가 닿지 않는 작업장 뒤쪽 끝에서 여자아이 한 명이 깜빡 잠들자, 그는 바구니를 열고, 손을 집어넣어 노랗고 검은 무엇인가를 잠자는 소녀 앞에 내려놓는다.

　뱀은 잠시 죽은 듯이 누워 있다가, 앞쪽 몸뚱이를 치켜들더니, 목을 부풀리고 씩씩거리며 주둥이를 벌린다. 노동자들이 숨을 딱 멈추고, 몇몇은 벌떡 일어나 뒤로 물러선다. 경악한 얼굴들. 꾹 눌러 참은 고함들. 반은 단단히 잠든 소녀의 어깨를 막대기로 툭툭 친다. 아이는 깜짝 놀라 몸을 벌떡 일으킨다. 그리고 뱀이 주둥이를 쩍 벌린 모습을 보고 돌처럼 굳어진다. 뱀이 낮게 씩씩거린다. 아이는 새하얗게 질려서 뒤로 물러난다.

　화장실에 다녀오던 란이 이 순간 그 작업대를 지나간다. 뱀과 겁에 질려 굳어진 노동자들이 보인다.

"이건 줄꼬리뱀이야. 안 물어. 먹이를 그저 졸라 죽이기만 해."

란이 안심시키며 말한다.

"독이 없어. 쥐랑 도마뱀을 먹는데 사람은 안 먹어."

"과연 그럴까!"

작업 감독이 웃는다.

"그런 뱀이긴 하지. 하지만 뭘 잘 먹는지 누가 알겠어. 어린 여자애들의 목도 좋아할지 모르지! 뭐, 시험해 보면 되겠군. 지금부터 잠드는 사람은 이 예쁜 뱀을 한 시간 동안 목에 감고 있도록 하겠다. 여기 이 똑똑한 아가씨 말씀이 맞다면……."

그가 란을 가리킨다.

"이 뱀은 전혀 해롭지 않으니까. 하지만 내가 너희들이라면 그렇게 확신하진 않겠어."

그는 한 손으로 뱀을 잡고 다른 손으로 소녀를 잡아 일으킨다.

"한번 시험해 보면 되겠군."

그가 뱀을 소녀의 목에 두른다. 소녀는 눈을 활짝 뜬 채, 꼼짝 않고 서 있다. 고함을 치려 입을 열어 보지만 어떤 소리도 나오지 않는다. 그러다가 소녀는 갑자기 푹 쓰러져 바닥에 조용히 넘어진다.

이제 공황이 일어난다. 민과 호아가 소녀를 돌보는 동안, 다른 사람들은 큰 소리로 고함을 지르며 사방으로 뿔뿔이 흩어진다.

"뱀이 문다!"

"독이 있잖아!"

뱀은 이 모든 혼란을 더 견딜 수 없다. 뱀은 다시 한 번 쉿 소리를 내고 남은 가죽 쪼가리들 밑에서 숨을 곳을 찾으러 자리를 뜬다.

하지만 뱀이 완전히 사라지기 전에, 란이 뱀을 움켜잡아 가죽 밑에서 다시 끌어낸다. 뱀은 무겁고, 길이가 일 미터 가까이 된다. 란은 힘을 쓰느라 숨을 헐떡인다. 아버지와 함께 많은 뱀들을 잡아 봤지만, 아직까지 이렇게 큰 것을 전적으로 혼자서 잡아 본 적은 없었다.

"죽여 버려!"

노동자들이 멀찌감치 떨어져서 란에게 외친다. 란은 고개를 젓는다. 란은 뱀을 조심조심 바구니 안에 도로 넣고 덮개를 덮는다.

반이 손을 쭉 내민다.

"이리 내놔!"

란은 다시 고개를 젓는다. 이 뱀은 더 이상 아무도 놀래선 안 된다. 란은 바구니를 손에 꼭 잡고 노동자들의 대열 사이를 지나 뜰로 나간다. 작업 감독 반은 당황하여 란의 뒷모습을 멀거니 바라본다.

란은 뱀을 뗏 명절 맞이 선물로 집에 가져갈 것이다. 온 가족이 배불리 먹을 수 있을 것이다. 뱀 고기를 넣은 춘권이나 카레와 야자유로 요리한 구운 뱀고기, 어머니가 이 뱀으로 근사하게 차려 줄 온갖 진미를 생각하자 입에 군침이 돈다.

그때까지 뱀은 세면장에서 바구니 속에 살면서 저녁때 한 번씩 공동 침실을 기어 다니며 쥐들을 잡아 먹으면 될 것이다. 밤마다 침대 밑에서 나와 방을 후다닥 가로지르는 쥐들을 모두 무서워하니까, 그렇게 하면 다른 사람들도 반대하지 않을 것이다.

"멈춰 서, 이런 도둑년! 그 뱀은 내 게 아니야, 사장님의 아버지 거라고."

작업 감독 반은 어린 여공의 뻔뻔스러운 행동거지로 인한 충격에서 벗어났다. 어디 두고 봐라, 본때를 보여 주지, 그는 생각한다. 저 녀석은 자기 자리로 돌아올 것도 없어.

반은 란을 뒤쫓아 달린다.

란은 반을 슬쩍 돌아보면서도, 바구니를 손에 든 채 계속 달린다. 갑자기 브레이크가 끽 소리를 낸다. 쾅. 바구니가 손에서 떨어지고, 란은 콰당 넘어진다.

누군가 란 위로 몸을 숙인다.

"다쳤니?"

염려스러운 목소리가 묻는다. 옹 레, 사장이다.

란은 고개를 젓는다. 팔과 무릎이 살짝 까져서 피가 나지만, 그 밖엔 모두 괜찮다.

사장은 란이 일어서는 것을 도와준다.

운전사가 크게 성을 내며 란을 바라본다. 란은 차 앞으로 곧장 달려들었다. 너무 빠르고 뜻밖이라 운전사는 제동을 걸 수 없었다. 다행히 공장 울안에서는 보행 속도로만 차를 몬다. 그는 자동차의 바퀴 덮개를 꼼꼼히 살핀다.

"다행히 상한 곳은 없습니다!"

그가 안도하며 사장에게 보고한다.

"사무실에 가서 반창고를 달라고 해라. 그리고 놀랐을 텐데 음료수 좀 마시면서 진정하고. 그런 다음 우선 좀 쉬었다가 일하러 돌아가거라."

사장이 란에게 말한다.

하지만 란은 그의 말이 더 이상 귀에 들어오지 않는다. 란은 텅 빈 바구니를 뚫어지게 바라본다.

"없어졌어요!"

"누가?"

"아, 줄꼬리뱀이요!"

란은 뱀을 찾아 주위를 둘러본다. 몇 미터 떨어진 곳에서 노랗고 까만 뱀 몸뚱이가 꿈틀꿈틀 서둘러 가 버리는 모습이 언뜻 눈에 들어온다. 란은 뒤쫓아 달린다. 다행히 사방으로 수풀이 없어서 뱀을 따라잡을 수 있다. 란은 뱀의 머리를 움켜잡고 도로 가져온다.

사장이 당황하여 란을 지켜본다.

"줄꼬리뱀이에요."

그가 묻기도 전에 란이 설명한다.

"작업장에 있었어요. 사람들을 깜짝 놀라게 했어요."

"아주 멋진 녀석이군. 넌 이게 겁나지 않니?"

란은 고개를 젓는다.

"바랑 뱀을 많이 잡아 봤어요. 움켜잡는 방법만 알면 돼요. 바고향에선 모두들 할 줄 알아요."

옹 레가 란을 주의 깊게 바라본다.

"아버지가 어디 출신이지?"

"레맛이요. 북부에 있어요."

"알아. 하노이 부근이지. 나⋯⋯."

이때 그의 휴대전화가 울린다. 사장은 란에게 가라고 손짓한다.

"뱀을 우리 아버지에게 가져가거라. 줄꼬리뱀을 기르시지. 내가 어디 사는지 알고 있지?"

란은 고개를 끄덕인다. 란은 손으로 방향을 가리킨다.

사장은 만족하여 고개를 끄덕이고 통화를 하며 서둘러 가 버린다.

란은 다소 실망한 눈으로 그의 뒷모습을 바라본다. 멋진 명절 음식을 이제 내주어야 할까? 한순간 란은 뱀을 그냥 공동 침실로 가져갈까 곰곰이 생각한다. 하지만 옹 레가 뱀을 어떻게 했는지 물어본다면? 아니면 작업 감독이? 어쨌든 그는 사장의 사촌이 아닌가.

작업 감독은 대체 어디 있는 것일까? 란은 그를 찾아 주위를 둘러본다. 저기 그가 멀찌감치 떨어져, 차마 더 가까이 오지 못하고 서 있다.

란은 깊게 한숨을 쉬고 무척 복잡한 기분으로 따이가 가족들과 함께 살고 있는 집으로 출발한다.

떠올리고 싶지 않은 기억이 생각난다. 따이의 친구들과 보낸 저녁, 그리고 무엇보다, 침대에서 가까스로 나와 다행히 발각되지는 않았지만 일하는 동안 여러 차례 잠들었던 그 다음 날 아침이.

10

이 계절엔 늘 그렇듯, 태양이 하늘에서 뜨겁게 내리쬔다. 그럼에도 란은 줄곧 달려간다. 서두르면 반시간 안에 돌아올 수 있을 것이다. 비록 이곳에 자발적으로 산책 가는 것이 아니지만, 작업 감독 반은 빠지는 시간만큼 임금을 깎으리라고 란은 확신한다.

타오가 걱정하지 않을까 싶지만, 호아가 돌봐 줄 것이다. 지난 몇 주 동안 자주 그랬듯, 란은 친구가 있어 감사하다. 호아가 없었다면 이틀에 한 번 꼴로 늦잠을 자느라 오래전에 일자리를 잃었을 것이다.

땀에 흠뻑 젖고 붉은 먼지를 뒤집어쓴 채 란은 정원 입구에 도착한다.

결코 다시는 이 땅에 발을 들여놓지 않으리라 란은 다짐했었다. 이제는 다만 따이가 없기만을 바랄 뿐이다. 오늘은 수요일이라 원래는 아직 호찌민 시의 학교에 있어야 한다. 호아가 레 가족의 집에서 요리사로 일하는 친척 아주머니에게서 들은 바에 따르면, 그 가족은 시내에 집이 있고 아버지와 공장에서 일하는 첫째,

둘째 아들들만이 꾸찌에 거주한다고 한다. 나머지 가족들은 주말에만 이곳에 온다.

현관에 나온 집안 일꾼은 새 초록색 유니폼을 입고 있다. 그는 란의 땀에 젖은 얼굴을 들여다보고, 빨아서 색이 바랜, 별로 깨끗하지 않은 낡은 바지를 유심히 훑어보고선 거만하게 말한다.

"일꾼용 현관은 뒤쪽으로 돌아가면 있어. 여긴 주인집 식구들만 들어오는 곳이야."

이 말과 함께 그는 란의 코앞에서 문을 쾅 닫는다.

란은 바구니를 그냥 문 앞에 놓아둘까 했지만, 곧 집을 돌아가 노크를 한다. 아까 그 일꾼이 문을 열어 준다.

"용건이 뭐야?"

란은 바구니를 열고 그에게 뱀을 슬쩍 보여 준다. 뱀은 화가 나서 몸을 세우고 일꾼에게 쉭쉭거린다.

그가 흠칫 놀라 물러나며 성난 표정을 짓는다.

"사장님의 바께 갖다 드려야 해요. 옹 레께서 절 보내셨어요!"

일꾼은 뒤쪽 정원을 가리킨다.

"박 레께선 저기 대나무 오두막에 사셔. 뱀을 넘겨드리고 얼른 가 버려!"

작은 대나무 수풀 사이로 잘 손질된 정원 길을 걷다 보니 어느덧 다른 세상이 펼쳐진다. 땅의 경계를 이루는 작은 강가에 대나무 오두막 여러 채가 몇 미터 높이의 대나무 줄기들에 둘러싸여

서 있다. 약간 떨어진 곳에 대나무 줄기들로 짜 맞춘 짐승 우리들이 눈에 보이고, 그 앞에 한 노인이 란을 등진 채 서 있다.

할아버지, 란은 생각한다. 할아버지가 여기서 뭘 하시는 거지?

그 남자는 반들반들한 비단으로 만든 검은 바지를 입고, 그 위로 상의와 검은 비단 두건을 착용하고 있다. 베트남 남자들의 옛 복장이다. 란이 그런 복장을 마지막으로 본 것은 할아버지에게서였다. 금방 집에 있는 기분이 든 것은 아마도 그 때문일 것이다.

"짜오(안녕하세요), 박!"

란이 작은 소리로 인사한다.

노인은 돌아서서 란을 무뚝뚝한 얼굴로 살펴본다.

"무슨 용무냐? 여기 새로 온 애냐? 그 애들이 널 보냈어? 애들에게 말해라, 난 그 애들 음식은 손대지 않겠다고. 난 내가 알아서 먹는다!"

란은 웃음이 난다. 꼭 자기 할아버지가 무엇인가 화가 났을 때 쓰던 말투다.

"웃을 게 뭐가 있냐, 이런 버릇없는 꼬마야? 비싼 음식이 든 바구닐랑 가지고 부엌으로 돌아가거라!"

란이 바구니를 열고 줄꼬리뱀을 끄집어낸다.

"공장 작업장 안에 있었어요. 사장님이 절 보냈어요."

노인은 갑자기 란을 흥미 있게 살핀다.

"사장이 널 보냈다고? 나한테 뱀을 갖다 주라고?"

란은 고개를 끄덕인다.

"제가 뱀을 잡았어요. 노동자들을 깜짝 놀라게 했거든요."

"네가 뱀을 붙잡았다고? 뱀이 물까 봐 겁나진 않던?"

란은 고개를 젓는다.

"여기를 움켜잡으면 뱀은 못 물어요. 게다가 이건 줄꼬리뱀인데 독이 없어요."

"아, 그러니? 요즘 네 또래는 대부분 컴퓨터를 더 잘 아는데."

란은 어깨를 으쓱한다.

"저는 집에 컴퓨터가 없어요. 바는 뱀 사냥에 늘 저를 함께 데려갔어요. 우린 고기를 식당에 팔거나 뱀을 술에 넣어 팔았어요. 바 마을에선 모두들 그렇게 해요. 바도……"

노인의 눈에서 무엇인가 반짝인다.

"너희 가족이 어디 출신이지?"

"레맛이요. 북부 지방 하노이 근처에 있어요."

"알지."

애수에 찬 미소가 노인의 얼굴 위로 스치고 지나간다.

"레맛이라. 그래, 그래. 오래전 일이군!"

그가 살짝 한숨 쉰다.

"뭐, 그럼 네 뱀이 들어갈 멋진 우리를 찾아보자꾸나."

그는 란을 데리고 다른 줄꼬리뱀들이 누워 있는 짐승 우리들을 죽 지나간다.

"여기서 어젯밤에 한 마리가 빠져나갔지."

그가 텅 빈 대나무 우리를 가리킨다.

"거기서 네 뱀이 살 수 있겠구나."

란이 뱀을 집어넣으려 할 때, 그가 란의 손에서 뱀을 받아 들어 자세히 살펴본다.

"내 눈이 잘못된 게 아니라면, 이건 내 뱀이구나. 여기, 두 눈 한가운데에 둥그런 검은 반점 좀 봐라! 어떻게 이게 공장에 들어 갔지?"

란은 땅바닥을 바라본다.

"제가 한 게 아니에요!"

란이 말한다. 진실은 차마 이야기하지 못한다. 작업 감독 반이 알게 된다면, 그때부턴 잠시도 편안히 일하지 못할 것이다. 타오 도 마찬가지다. 그래서 란은 침묵한다.

노인은 생각에 잠긴 얼굴로 란을 바라본다.

"하지만 누가 그랬는지 알고 있는 거지?"

란은 고개를 끄덕인다.

"뭐 좋아, 네 작은 비밀은 묻어 두렴. 누가 범인인지 알 것 같구 나. 뱀이 다시 돌아왔고 공장에서 아무도 해를 입지 않았으니 그 걸로 됐다."

그가 주의 깊게 우리를 잠근다.

"코브라 본 적 있니?"

그가 불쑥 묻는다.

란은 고개를 끄덕인다.

그는 란을 대나무 오두막 뒤로 데리고 가, 땅바닥에서 나뭇가지 몇 개를 치운다. 그 밑에서 대나무 덮개가 나타난다. 그가 덮개를 들어 올린다.

"들여다봐라. 하지만 조심해라. 빠지면 안 된다!"

란은 구덩이 둘레 위로 몸을 숙인다. 2미터 깊이의 밑바닥에서 뱀들의 갈색 몸뚱이가 보인다. 코브라들이다. 한 마리는 몸을 꼿꼿이 세우고 비늘을 병풍처럼 상체 둘레로 펼쳐 놓았다. 그것은 화가 나서 쉭쉭거린다.

"모두 술에 넣으실 거예요?"

란이 묻는다.

노인이 웃는다. 그는 장대를 잡아 코브라 한 마리를 밑바닥에서 가져온다.

"이건 킹코브라란다. 독 반 그램이면 널 죽이고도 남지."

란은 한 걸음 물러선다.

노인은 오른손으로 코브라의 머리를 잡고 뱀을 목재 한 조각에 갖다 댄다. 그리고 코브라의 이빨을 그 위에 대고 누른다. 투명한 액체가 흘러나온다.

"뱀독이지. 귀한 독이야! 난 코브라를 길러서 그 독을 독사 사육장에 판단다."

"무엇에 쓰게요?"

"의약품으로."

"하지만 독이 있잖아요!"

"쓰는 양에 달렸지. 그 독은 널 죽일 수도 있지만, 건강하게 만들 수도 있단다. 예를 들어 류머티즘이랑 다른 만성 질환들에 도움이 되지. 또 알레르기에도. 온 세상에서 그걸로 고통 받는 수백만의 사람들이 뱀의 독을 반긴단다. 그러니까 보다시피, 할 만한 일이지."

"코브라를 잡기도 하시나요?"

박 레는 고개를 젓는다.

"예전엔 잡았지. 하지만 요즘엔 금지되어 있단다. 비록 지키는 사람은 아무도 없다만. 게다가 무척 위험한 일이야."

그가 오른손을 란에게 보여 준다. 손가락 세 개가 굳어 있다.

"코브라에 물렸지 뭐냐! 목숨은 건졌다만, 이 손가락들이 더 이상 움직이지 않는구나. 난 번식에 필요할 때만 잡는단다. 이따금씩 식당들이 내게 부탁할 때도 있는데, 그들은 1킬로그램당 35만 동을 쳐 주지. 난 내 뱀들을 갖고서 아들에게서 돈을 받을 필요가 없을 만큼 돈을 번단다."

그가 구덩이를 다시 닫는다.

"이 구멍 안에다가 우린 전쟁 때에도 뱀을 넣어 두고 있었단다. 알다시피, 이 부근 전체는 땅 밑에 터널이 파여 있지. 유명한 꾸찌 터널 말이다. 우린 터널에 숨어서 이곳에서부터 미군들을 습격했단다. 난 내 인생에서 여러 해들을 저 밑에서 보냈지."

란은 고개를 끄덕인다. 란도 아는 이야기이다.

란은 노인이 우리를 청소하는 것을 거들고 점심때 그가 손수 끓인 야채 죽을 떠먹는다. 그는 란이 어디 사는지, 아버지는 무엇을 하는지, 그리고 왜 여기 있는지 물어본다.

처음으로, 란이 일 분 일 분 시간을 세지 않는 채 근무일이 지나간다. 하지만 어느 땐가 란은 깜짝 놀라 해를 올려다본다.

"돌아가야 해요! 이렇게 오래 있어선 안 돼요. 안 그러면 오늘 하루치 임금을 잃어버릴 거예요."

"유감이구나. 내 뱀들에 관심 있는 사람이 찾아오는 건 아주 드문 일인데. 하루에 얼마나 버니?"

"1만 9천 동이요."

"1만 9천 동?"

노인이 믿을 수 없다는 듯 고개를 설레설레 젓는다.

"겨우 1만 9천? 그럴 줄 짐작은 했다. 줄곧 짐작하고 있었어. 그건 이 집에서 요리사가 날마다 식탁에 올리는 전채 요리 값도 되지 않아."

그가 땅바닥에 침을 퉤 뱉는다.

"그러고도 내가 낳은 자식이라니! 기다려 봐라!"

그가 오두막으로 들어갔다가 잠시 뒤 지폐 뭉치를 들고 돌아온다.

"자, 네가 필요한 만큼 가지렴. 우리 아들이 내게 늘 돈을 찔러 준다만, 그걸 갖고 내가 뭘 하겠니? 난 먹을 게 충분하고, 내 오두막이 있어. 내게 필요한 건 스스로 번단다. 아들 녀석 지폐는 원하지 않아."

란이 머뭇거리자, 그가 말한다.

"어서 받아라. 네가 오늘 손해 본 만큼만. 네가 있어서 즐거웠단다. 나 때문에 네가 임금을 깎이는 건 싫구나."

란은 그의 기분을 상하게 하고 싶지 않아 돈다발을 받는다. 거의 300만 동으로, 란의 반년치 벌이다. 평생 동안 그렇게 많은 돈을 한 묶음으로 본 적이 없다. 란은 거의 공경하는 태도로 지폐를 손에 잡는다. 그리고 오늘 벌었을 만큼, 1만 9천 동을 세어서 뺀다. 나머지는 돌려준다.

노인이 란을 바라본다.

"더 이상 원하지 않는 게 확실하니?"

란은 고개를 끄덕인다.

노인은 10만 동짜리 지폐를 한 장 집어 란에게 쥐어 준다.

"수고한 대가로 이것만은 받아라. 뗏 명절 때 가족들에게 바인쯩을 사 주고 내 인사를 전해 주렴!"

바인쯩, 고기와 녹두를 넣고 바나나 잎으로 싼 찹쌀떡은 새해 명절 때마다 빠지지 않는 음식이다.

"저희 집은 바인쫑을 사지 않아요. 마가 직접 만들거든요."

노인은 고개를 끄덕인다.

"그 생각을 못 했구나. 너희 가족은 옛 전통을 소중하게 지키는 가족이지. 우리 아들이 자기 아이들에게 뱀을 옳게 잡는 방법을 보여 줬을 거라 생각하니? 수백 년 전부터 북부의 우리 고향 마을에서 쓰는 기술 말이다."

그는 한숨을 쉬며 슬픈 얼굴을 한다.

"사람에게 전통이란 나무에게 뿌리와 같단다. 뿌리가 견고해야만 나무들은 굳건히 서 있을 수 있지. 하지만 우리 아들에겐 어떻게 돈을 벌 수 있을까만 중요하단다. 며느리와 아이들도 마찬가지고. 온 가족이 일하고 또 일하지. 뭘 위해서?"

그가 저택을 가리킨다.

"그 애들이 예전 우리보다 행복할까? 우리는 운전기사도 없었고 아이들이 국제 학교에 다니지도 않았지. 그 대신 가족들이 같이 밥을 먹고, 그러고 나서도 함께 앉아 이야기를 했어. 요즘엔 밥 먹을 때조차 텔레비전을 켜 놓지. 너희 가족은 텔레비전이 있니?"

란은 고개를 젓는다.

"저희가 사는 강변엔 전기가 안 들어와요."

"그 대신 너희 어머니는 바인쫑을 직접 만들지. 아마 짜조도 만들겠지?"

란이 고개를 끄덕인다.

노인은 다시 한숨 쉰다.

"우리 집은 뗏 명절 때 바인쫑이 어디서 나오는지 아니? 시내 슈퍼마켓에서! 그리고 난 그게 그나마 있기라도 한 걸 기뻐해야 할 거다. 우리 막내 손녀는 차라리 요즘 유행하는 햄버거 따윌 먹었으면 할 거다."

"마는 파는 음식이 우리에겐 너무 비싸대요."

"이건 돈 문제가 아니란다. 그러니까 이제 그만 이 돈을 받아서 가족들에게 고기 몇 점 사 가렴."

란이 여전히 머뭇거리자 노인이 말한다.

"그래 준다면 내가 기쁘겠구나. 그리고 넌 그러면 답례로 어머니가 직접 만든 바인쫑을 내게 가져다주면 되잖니."

올해는 돈이 더욱 빠듯하다는 것을, 그리고 돈이 추가되면 어머니가 무척 기뻐하리란 것을 알기에, 란은 돈을 받아 넣는다. 생각해 보면 설날에는 가족뿐 아니라 이 기간에 찾아올 수많은 친척들에게도 명절 음식을 대접해야 할 것이다.

란은 기분이 좋다.

"대체 아직까지 여기서 뭐 하는 거야? 개들을 풀어서 달려들게 할 거야! 여기서 다시 한 번 눈에 띄었다간 봐라!"

집안 일꾼이 뒤에 대고 외치는 소리도 아무렇지 않다.

그곳에 다시 갈 생각은 란도 전혀 없다. 란은 따이가 없어서 기쁘고, 임금을 잃는 대신 오히려 공장에서보다 많이 벌어서 기쁘다. 그것도 고작 할아버지를 떠올리게 하는 노인과 담소를 나눈 대가로 말이다.

좋은 하루였다. 여러 달 만에 겪은 최고의 날.

그리고 란이 돌아오자 씩씩거리며 내뱉는 작업 감독 반의 위협조차도 란의 즐거운 기분을 망치지 못한다.

"하루 종일 뭘 한 거야? 임금에서 단 일 분까지도 모조리 뺄 거야!"

"죄송합니다! 박 레께서 뱀 우리를 청소하는 걸 거들어야 했어요."

란은 잠깐 말을 멈춘다.

"우리가 하나 비었던데, 거기서 어젯밤에 줄꼬리뱀 한 마리가 도망쳤대요. 하지만 박 레께선 누군가 뱀을 빼 간 걸로 짐작하고 계세요."

란은 이 말에 그가 창백하게 질리는 모습을 만족스러운 기분으로 지켜본다.

"그분께 뭐라고 말했니?"

그가 묻는다. 모두가 벌벌 떠는 작업 감독의 모습은 갑자기 온데 간 데 없어지고, 나쁜 짓을 저지른 뒤 할아버지를 겁내는 어린 소년이 자리를 대신한다.

"아, 아무 말도 안 했어요. 작업 감독님께 안 좋을 것 같아서요."

작업 감독 반은 안도한다. 란은 앞으로 실수를 하지 않도록 더욱 조심해야 한다는 것을 알고 있다. 이제 반의 미움을 샀으니 말이다. 아니면 두 사람은 비밀을 나눠 가졌으니, 란이 비밀을 발설할까 봐 반이 겁먹고서 앞으로는 특별히 상냥하게 대해 줄까?

11

유럽에서 대량 주문이 새로 들어왔다. 독일 백화점에서 팔 운동화 2만 켤레. 독일인들은 훌륭한 고객이라서 그들의 주문을 따내려는 경쟁이 치열했다. 그래서 가족 기업의 사장인 옹 레가 자신의 공장이 신발 생산을 맡게 될 것에 자랑스러워하는 것도 그럴 만하다. 새로운 주문 작업이 시작될 때면 늘 그렇듯 남녀 노동자들은 모두 작업장 앞뜰에 정렬해야 한다. 확성기를 통해 옹 레의 목소리가 뜰 너머까지 울려 퍼진다.

"신발 2만 켤레를 4주 안에 생산해 독일로 발송해야 한다! 이 주문으로 너희들과 너희 가족들은 한 달 동안 잘 먹고살 수 있을 것이다. 모두들 밥을 넉넉히 먹을 것이란 말이다. 하지만……."

여기서 그는 잠시 말을 멈추고 자신의 노동자들을 빤히 바라본다.

"우리는 '제시간에' 납품해야 한다. 그 문제에서 서양인들은 가차 없다. 좋은 품질과 시간을 엄수한 납품, 그것이 성공의 열쇠이다."

그는 다시 잠깐 말을 멈추고 만족한 얼굴로 주위를 둘러본다. 그러는 동안 희미한 불안이 노동자들 사이에 번진다. 그들은 초과 근무까지 하여 하루에 신발 720켤레를 만들어 낸다. 일주일에 이레를 쉬지 않고 일한다 할지라도, 그것은 마지막 신발이 새해 명절이 지나서야 완성된다는 것을 뜻한다. 그리고 그것이 또다시 의미하는 것은…….

노동자들이 술렁거리는 소리가 더욱 커진다.

"그건 다시 초과 근무를 의미하지."

호아가 소곤거린다.

"아니면 뗏이 없거나!"

민이 모두를 잔뜩 경악케 하는, 차마 못 할 말을 꺼낸다.

가족과 보내는 나흘간의 휴일, 명절 중의 명절인 뗏을 그들은 반납해야 할 것이다. 신발이 제시간에 독일에 도착하도록. 안 그러면 가족들은 이제 굶어야 할 것이다.

처음엔 그저 속삭임으로, 그러다가 점점 큰 소리로 민의 말이 노동자들의 대열 사이로 퍼진다. 뗏이 없다!

란은 경악하여 숨을 멈춘다. 어머니의 슬픈 얼굴이 벌써 눈앞에 보인다. 곁에 서 있는 동생 타오가 깜짝 놀라 작은 비명을 내지른다.

"안 돼! 언니가 약속했잖아, 우리 집에 간다고! 약속했잖아!"

란이 타오의 팔을 꼭 잡는다.

"갈 거야. 걱정 마. 마가 헛되이 기다리시게 할 순 없잖아."

란은 목소리에 되도록 많은 확신을 싣는다. 자신에게도 없는 확신을. 뗏 명절이 올해는 없을 것이다, 란은 그렇게 확신하지만 굳이 말할 필요는 없을 것이다.

목소리들이 점점 커지자, 옹 레가 손을 들고 다시 확성기로 말한다.

"물론 우린 모두 새해 명절을 쇠고 싶다. 가족들과 함께. 나도 원하고 너희들도 원한다. 하지만 우린 힘든 시대에 살고 있다. 밥 한 그릇이라도 벌려면 고되게 일해야 한다. 독일에 있는 사람들이 운동화를 기다린다. 그리고 제시간에 납품하지 못하면 밥도 없다! 그 때문에 우린 신발들을 3주 반 안에 완성하도록 서로 함께 노력해야 한다!"

뜰에 정적이 쫙 깔린다.

"우리 각자가 평소보다 더욱 열심히 일한다면, 우리 모두가 초과 근무를 하고 필요할 경우 야근까지 한다면, 해낼 수 있을 것이다. 그러고 나면 우리는 모두 명절을 보낼 수 있다."

그는 다시 잠깐 말을 멈춘다. 그러고서 큰 목소리로 외친다.

"준비들 되었는가?"

아무도 말이 없다.

"준비들 되었는가? 너희들 일 문제다! 너희들 가족이 먹을 쌀 말이다! 준비들 되었는가?"

"예!"

먼저 몇몇이 소리치고, 다른 사람들이 뒤이어 합류한다. 호아와 타오도 같이한다. 큰 소리로 외치지 않고, 고작 속삭임에 불과하지만, 그들의 입은 "예!"라고 말하고 있다.

란은 입을 힘껏 꽉 다문다. 어떻게 더 열심히 일하란 말인가? 벌써 지금도 네 시간 넘게 잘 수 있는 밤이 거의 없는데. 그리고 동생은 더 이상 몸을 지탱할 수 없을 정도이다. 란의 돌멩이에도 불구하고 타오는 벌써 두 번이나 잠들었다가 발각되었다. 다음번에는 쫓겨날 것이다. 밖에는 다른 사람들이, 싱싱한 노동자들이 기다리고 있다.

란 또한 직업이, 돈이 필요하다. 해야 한다면 더욱 열심히, 온밤을 새워서라도 일할 것이다. 하지만 "만세"를 부르지는 않을 것이다. 나중에 사장이 노동자들은 자발적으로 일을 더 한 것이라고 말할 수 있게 하고 싶지는 않다.

조심스레 란은 주위를 둘러본다. 란처럼 입술을 꼭 다물고 있는 사람은 극소수에 불과하다. 민과 그의 친구들 몇몇. 민도 주위를 둘러보다가, 란을 보자 손을 흔들어 보인다.

호아가 란을 쿡 찌른다.

"자 어서! 작업 감독 반이 벌써 네 쪽을 바라보고 있어. 어차피 넌 딴 도리가 없잖아. 사장은 인정사정없다고. 참여하지 않는 사람은 해고될 거야."

"아니면 주문을 다른 공장에 넘겨줘야 할까?"

그 순간 옹 레가 소리친다.

"아니요!"

이번에는 란도 같이 외친다. 오로지 민만이 가만히 있다. 민은 주먹을 쥔다.

그 다음 날들은 일, 식사, 잠, 일로만 채워진다. 그들은 작업장에서 침대로 비틀거리며 갔다가 다시 작업장으로 비틀비틀 되돌아온다. 작업 감독들은 극도의 피로를 이기지 못하고 잠드는 사람들 모두를 더욱 엄격하게 대한다. 란의 돌멩이가 더욱 자주 날아가지만, 란도 피곤한 데다 처벌에 대한 두려움보다 잠이 더 강한 것을 어쩌지 못한다. 요즘에는 팔을 들거나 눈꺼풀 사이에 성냥개비를 끼운 채 몇 시간 동안 서 있는 사람은 없지만 – 노동력 하나까지 아쉬우니까 – 임금 공제가 빗발처럼 쏟아진다.

분위기가 좋지 않다. 모두들 예민해져 있다. 란이 이곳에서 일한 지 처음으로 배식을 놓고 다툼이 벌어진다. 사람들이 서로에게 고래고래 고함치고, 눈물이 흐르는 일도 점점 잦아진다. 신경들이 날카롭게 곤두서 있다.

어느 날 근무 시간이 끝나기 직전에 찌중이 와서 손짓으로 란을 불러낸다. 란은 깜짝 놀라 일어선다. 돌멩이를 던지는 걸 발견한 것일까? 해고하려는 것일까? 타오도 당황하여 일거리에서 눈을 떼고 쳐다본다.

"난 여기 혼자 안 남을 거야. 언니랑 같이 갈 거야!"

"일단 좀 기다려 봐. 다시 올 테니 걱정 마. 무슨 일이 있어도 넌 내가 돌아올 때까지 기다리는 거야!"

호아가 란에게 고개를 끄덕여 보인다. 란이 돌아오지 못할 경우 타오를 돌봐 주겠다고 약속하는 눈길이다. 다른 사람들의 동정 어린 눈길이 란의 뒤를 따른다. 민조차도 친절한 눈길을 보낸다.

작업 감독은 뜰을 지나 사무실 건물로 란을 데려간다. 이곳에서 옹 레는 자신의 공장들을 운영한다. 란은 직원 두 명이 컴퓨터 앞에 앉아 있는 사무실을 지나간다. 작업 감독이 문을 똑똑 두드리자, 목소리가 "들어와!"라고 외친다. 란은 옹 레의 책상 앞에 선다. 다리가 후들후들 떨린다.

란은 양손을 모아 쥐고 최대한 깊숙이 몸을 숙여 절한다.

"그래, 뱀을 부리는 아가씨가 오셨군!"

사장이 친절하게 인사한다.

란은 마음을 약간 놓으며 그를 바라본다. 다음 순간 해고할 생각이라면 아마 이런 식으로 말하지 않을 터이다.

"우리 아버지가 뱀을 기르는 데 도움이 필요하다. 아버지의 코브라들을 봤니?"

란이 고개를 끄덕인다.

"이것 참, 그 시절의 터널이 이렇게 훌륭한 뱀 굴로 쓰이리라 누가 생각이나 했겠어. 우리 아버지께서 널 무척 칭찬하시더군.

뱀에는 훤하다고 말이야. 우린 새로운 일을 해 볼 생각이다. 의약품에 쓸 독 말이지. 좋은 돈벌이가 되리라 기대한다."

노인이 갑자기 아들과 함께 일하려 한다니 조금 이상하게 생각되지만, 란은 다시 고개를 끄덕인다.

"어쨌든 우리 아버지는 도움이 필요해. 그리고 널 원하시지! 넌 일주일에 사흘 동안 아버지를 돕는 거다. 나머지는 여기서 계속 일하고."

"언제……?"

"언제? 당장이지! 아버지가 이미 기다리고 계실 거다!"

"하지만 전……."

"디 디! 당장!"

그는 란이 동의하는지 묻지 않는다. 또한 란이 얼마를 벌게 될지도 말해 주지 않고, 란도 묻지 않는다. 사장이 그렇게 결정했다면, 란으로선 어차피 바꿀 도리가 없다. 일주일에 겨우 사흘뿐이고, 그 시간엔 호아가 동생을 돌봐 줄 것이다.

오히려 박 레와 그의 뱀들을 다시 볼 수 있어서 약간 기쁘기도 하다. 란은 달음박질로 작업장으로 돌아가 호아에게 속삭인다.

"앞으로는 사흘을 사장의 바와 함께 보낼 거야. 뱀들이랑 말이야."

"얼마를 받는데?"

란은 어깨를 으쓱한다.

"모르지. 하지만 틀림없이 여기보다 적진 않을 거야."

란과 작별하는 타오의 눈에 눈물이 그렁그렁 맺힌다.

"잘되면 넌 집에 있어도 될 만큼 돈을 많이 벌 거야."

란이 약속한다. 그러자 타오의 얼굴 위로 한 줄기 빛이 지나간다. 란은 타오의 머리를 쓰다듬으며 언젠가 약속을 지킬 수 있기를 바란다.

박 레도 란과 마찬가지로 기뻐한다. 그는 한껏 흥분하여 란에게 정원 끝에 있는, 원예 용구들을 보관하는 작은 대나무 오두막을 보여 준다. 바닥에는 란이 깔고 잘 매트리스가 놓여 있다.

"예전엔 따이가 종종 도와줬지. 하지만 국제 학교에 다니고서부터 여가 시간이 별로 없단다. 그리고 그런 뒤론 여가 시간이 있어도 컴퓨터 앞에서 보내길 더 좋아하지."

박 레가 가볍게 한숨을 쉰다.

"옹 레가 뱀독을 가지고 큰돈을 벌 거라고 하던데요."

"그래, 그렇게 말하던? 하지만 내 뱀들 갖고선 안 되지. 그보단 자기 노동자들을 신경 쓰는 게 나을 거다."

"와 보셨어요? 공장 작업장 안에?"

박 레는 고개를 끄덕인다.

"한번은 아들을 찾다가, 잘못해서 작업장 안에 들어가게 됐지. 끔찍했어. 난 그날 당장 저택에서 나와 여기 내 대나무 오두막으로 거처를 옮겼단다."

"하지만 왜 아무 말씀도 안 하세요? 할아버지시잖아요. 저희 할아버지가 살아 계셨을 땐, 할아버지가 결정을 하셨는데요. 할아버지가 말씀하시면 모두들 그렇게 했어요. 할아버지가 돌아가신 지금도 할아버지의 규칙들이 여전히 통하는걸요."

박 레가 다시 한숨을 쉰다.

"그건 옛날 얘기지. 여기선 돈이 최고란다. 돈을 가진 사람이 규칙을 만드는 거지."

란은 집을 떠난 지 처음으로 편안한 기분이 든다. 넉넉하게 먹고, 매일 밤 잠잘 수 있고, 낮에는 할아버지를 떠올리게 하는 남자와 함께 일한다. 그도 날이 갈수록 란을 손녀처럼 대해 준다.

다시 공장에 돌아오면, 란은 공장 일이 점점 힘들게 느껴지고, 박 레와 그의 뱀들에게 돌아갈 순간만을 학수고대하게 된다. 다만 갈수록 창백해져 가는 동생이 기뻐하는 모습을 볼 때면 양심에 가책이 든다. 박 레에게 타오가 집 안 어딘가에서 일할 수 없을지 물어보고 싶기도 하지만, 그러면 타오가 아직 너무 어리다는 사실이 눈에 띌 것이다.

다른 사람들은 란이 더 이상 완전히 그들 편이 아님을 느낀다. 그리고 어느 날 맞은편 소녀가 다시 깜빡 잠들었을 때, 돌멩이 모으는 일을 잊어버린 란이 처벌에서 지켜 주지 못하자, 호아마저도 나무라듯 말한다.

"넌 너무 변했어. 귀하신 주인댁에 산다고 네가 우리보다 잘난 사람인 것 같아?"

"난 공구 창고에서 잔다고, 그 사람들 침대가 아니라!"

란이 자신을 변호한다.

"넌 그 애를 배신했어. 예전 같았으면 너한테 그런 일은 없었겠지. 그 앤 널 믿었어. 그런데 넌 돌멩이 모으는 걸 잊어버렸어."

"내가 없으면, 아무도 그 앨 안 도와주면서."

"하지만 오늘은 네가 있잖아. 넌 잊어버렸어. 다시 가 버릴 순간만을 생각하느라 우릴 잊어버리고 있다고."

란은 침묵한다. 호아의 말 속에 일말의 진실이 담겨 있기 때문이다.

노동자들을 짓누르는 압박이 점점 커진다. 그들은 투덜대지 않고 야근에 야근을 거듭하며 일한다. 마침내 그들이 정말로 해낼 듯 보인다. 뗏 명절이 구원될 것이다.

12

어느 날 정오에 모든 노동자들이 뜰로 소집된다. 옹 레가 연단에 오른다. 그의 목소리가 뜰 위로 쩌렁쩌렁 울린다.

"난 실망했다! 무척 실망했다! 아버지가 자식을 돌보듯 난 너희들을 돌봤다. 너희들이 일을 갖도록, 쌀이 떨어지지 않도록 신경 썼다. 그런데 너희들은 뭘 하지?"

"일을 합니다!"

몇몇이 소리친다.

옹 레가 비웃는다.

"그게 일하는 거라고? 손가락만 놀리지 말고 머리를 써야지. 독일 상사가 품질 검사를 실시했다. 신발의 절반이 쓰레기라고!"

깜짝 놀란 신음들이 대열 사이로 퍼진다. 그들은 서로를 바라본다. 제대로 들은 것인지 믿을 수가 없다.

옹 레가 신호를 보내자 노동자 몇 명이 새 신발을 가득 담은 손수레를 밀고 온다. 노동자들은 바짝 긴장한 채 신발들이 던져져 수북이 쌓이는 모습을 지켜본다. 신발이 갈수록 늘어나고, 산이 점점 커진다.

"여기 있다, 쓰레기 신발들! 너희들이 생산한 것 말이다! 쓸모가 없어! 하나하나가 모두 다! 신발창을 잘못 붙였어. 이렇게 해선 땀이 흘러나올 수가 없다. 모두 쓰레기야!"

모두 쓰레기? 몇 주에 걸친 노동이 헛일이라고?

란이 묻는 얼굴로 호아를 바라본다. 호아는 어깨를 으쓱한다.

"우리 잘못이 아니야!"

곁에서 민이 소곤거린다.

"우리에게 지시를 잘못 내렸다고."

"누가?"

"작업 감독 중 한 명인 바오가. 저들은 그를 벌써 해고했어. 하지만 그런다고 이제 와서 신발이 구제되는 건 아니지. 우리도 마찬가지고."

옹 레가 손짓을 하자 손수레를 밀고 온 노동자들이 신발 더미에 휘발유를 붓는다.

"다 태워 버리려고 해! 신발을 왜 우리한테 주지 않고? 땀이 어디로 흐르건 우린 상관없잖아. 저렇게 좋은 신발은 결코 다시 못 얻을 거야."

란이 흥분하여 펄쩍펄쩍 뛴다.

"그저 보고만 있을 순 없어! 왜 아무도 나서지 않는 거지?"

란은 앞에 선 노동자를 옆으로 밀치고 불을 향해 달려 나가려

한다.

호아가 팔을 잡고 만류한다.

"쉿! 미쳤어?"

호아가 손으로 란의 입을 막는다.

"상황만 악화될 뿐이야! 넌 아무것도 바꿀 수 없어. 입 좀 다물어. 안 그러면 넌 내일 여기 없을 거야."

검은 연기가 만든 거대한 구름이 신발 더미에서 파란 하늘로 올라간다.

그들은 꼼짝 않고 서서 몇 주간의 노동이 불꽃 속에 사라지는 것을 바라본다. 밤에도 잠자지 못했던, 탈진으로 뻗었던, 그래도 희망으로 가득했던 몇 주. 눈물이 사람들의 뺨을 타고 흘러내린다. 올해 뗏 명절은 그들 없이 치러질 것이다.

저녁때 모두들 공동 침실에 모인다. 경악이 분노로 바뀌었다.

"이제 어차피 신발을 제때 만들어 내지 못해. 뗏 명절 때 안 쉬고 일한다 하더라도 말이야. 그럼 우리에게 휴가를 줘도 되는 거잖아!"

민이 소리치자 모두 열광적으로 손뼉 친다.

"그런데 저들이 그렇게 안 하면?"

"그럼 우린 파업하는 거야."

"우릴 모두 해고하면 어떻게 하지?"

"그렇게는 안 할 거야! 우리가 모두 한데 뭉친다면 성공할 수 있어. 명절을 앞두곤 충분한 대체 인력을 찾지 못해. 대체 누가 지금 일하려 하겠어?"

설득력 있는 말이다. 공장 앞에는 지금도 대기자가 거의 보이지 않고, 마지막 남은 이들도 집에서 명절 음식을 준비하기 위해 며칠 안으로 사라질 것이다.

그들은 밤이 깊도록 앉아 파업을 계획한다. 란과 타오도 그들 가운데 있다. 당장 내일부터 시작이다. 모두들 자기 자리에 앉되, 아무도 일하지 않을 것이다.

민이 말한다.

"태업이라고. 가만히 앉아서 전혀 아무것도 안 하는 거야. 인도에서 간디라는 사람이 그렇게 해서 자기 나라를 영국인들에게서 해방했어. 폭력을 하나도 안 쓰고 말이야."

좋은 생각이라는 데 모두 의견이 일치한다. 뗏 명절을 바로 앞둔 상황에 태업이라니 훌륭한 생각이기까지 하다.

"내가 신호를 줄게."

민이 말한다.

"내일이야! 아무도 일하지 않는 거야! 호 아저씨가 우릴 자랑스러워할 거야! 우린 더 이상 가만히 착취당하고 있지 않아!"

마침내 침대에 누웠을 때 란은 흥분으로 눈을 붙이지 못한다. 타오가 바싹 달라붙는다.

"우린 성공할 거야!"

타오가 중얼거린다.

"그리고 집에 가는 거야. 마가 기뻐하겠지?"

다음 날 아침, 비록 아무도 네 시간 넘게 자지 못했지만, 잠자리에서 일어나는 분위기는 유례없이 유쾌하다. 아침을 먹으며 그들은 킥킥거리고 농담한다. 근무 시간이 어서 시작되기를 기다리느라 조바심이 난다. 그들이 작업장으로 가자 긴장이 고조된다. 작업 감독들이 뭐라고 말할까? 작업 감독 반은 어떤 반응을 보일까? 모두의 눈에 성냥개비를 꽂을 수는 없다. 모두를 해고할 수도. 아니면 할 수 있을까?

모두들 제 시각에 자기 자리에 있다. 오로지 민만이 없다. 하필이면 민이.

작업 감독들이 나타난다. 근무 시간이 시작된다. 노동자들은 어찌할 바 모르고 서로를 바라본다. 이제 누가 신호를 줄 것인가?

"일하지 않는 사람은 해고될 것이다!"

찌중이 외친다.

민은 어디 있는 것일까?

먼저 한 노동자가 가죽을 손에 잡는다. 그러고선 다음 사람이. 그리고 나자 더 이상 태업하는 것은 의미가 없다. 모두가 하든가 아무도 안 하든가. 그들은 고개를 평소보다 더욱 깊숙이 숙인 채 일한다. 내일도 날이니까. 내일은 틀림없이 민이 있을 것이다. 내일은 태업을 시작할 것이다.

저녁이 되자 민이 이미 근무 시간 시작 전에 공장 경찰에 붙잡혔다는 소식이 새어 나온다.

태업은 없을 것이다. 그리고 그 때문에 뗏 명절도 없을 것이다. 희망이 너무 빵빵해진 풍선처럼 터져 버린다. 남은 것은 단지 희망으로 가득 찼던 밤에 대한 기억뿐이다.

저녁때가 되어서야 그들은 묻기 시작한다. 어떻게 그럴 수 있었을까? 공장 측이 그들의 태업에 대해 어디서 알았을까? 그리고 배신이란 단어가 노동자들 사이로 퍼진다. 배신이었을 수밖에 없다! 누군가 태업 계획에 대해 입을 놀린 것이다.

그럴 만한 사람이 누구일까? 처음에는 그저 속삭임, 눈길뿐이다. 그러더니 란이 방에 들어서자 대화가 뚝 그친다. 란은 이해할 수 없다. 란이 제1 용의자인 것이다.

"말도 안 돼!"

란이 호아에게 하소연한다.

"내가 민을 배신했다고 너희들 진심으로 믿는 건 아니겠지? 나도 너희들과 똑같이 고통 받고 있다고. 넌 날 믿지?"

호아는 침묵한다. 그러고서 작은 소리로 말한다.

"뭘 믿어야 할지 모르겠어. 지난 며칠 동안 거의 매일 밤마다 우리 공동 침실에서 모임이 있었거든. 넌 어제 처음으로 참석했는데 오늘 당장 민이 체포되니 말이야."

"하지만 그게 나랑 무슨 상관이야? 박 레와 같이 일하는 건 내가 선택한 게 아니야."

호아는 다시 침묵한다.

란은 다른 사람들의 눈길이 두렵다. 란은 더 이상 그들 편이 아니다. 사장의 집에서 일하는, 각별한 위치에 있다. 그래서 그들보다 잘난 사람이다.

그러다가 민이 해고되었다는 소문이 퍼지자 상황이 극도로 나빠진다. 란은 날이 갈수록 불행한 기분이다. 이 문제로 이야기할 수 있는 사람은 오로지 박 레뿐이다. 그는 도와주겠다고 약속한다. 하지만 그의 도움은 란이 기대했던 것과 다른 방향으로 이루어진다.

민은 다시 채용되지 않았고, 란이 아예 거처를 옮기게 된 것이다. 란은 당장 다음 날 작은 대나무 오두막으로 이사한다. 타오랑 호아와 작별할 겨를도 없다. 란은 공동 침실에서 자기 물건들을 가져오며, 타오에게는 쪽지 한 장만을 침대에 남겨 놓는다.

란은 이제 임금을 이전보다 거의 네 배나 더 받는다. 더 이상 야간근무도 없고, 작업 감독이나 처벌도 없다. 또한 새해 명절도 보장받았다. 제때에 집에 가도 될 것이다. 박 레가 그렇게 약속해 주었다. 란이 가족을 볼 수 없을까 봐 걱정이라고 이야기했을 때, 그는 경악을 금치 못했다.

"안 된다, 애야! 어떻게 그런 생각을 할 수 있니? 뗏은 가족의 명절이란다. 그건 신성한 풍습이야. 아무도 그걸 방해해선 안 돼.

우리 아들도 그렇게 하진 않을 거다. 너희가 그 애를 오해한 것뿐이야."

란은 아무 말도 하지 않는다. 평소에는 아들을 아무리 못마땅하게 생각할지라도, 아들이 자신의 노동자들에게 뗏 명절을 허락하지 않는다는 것은 박 레로선 상상도 못 할 일이다. 아들이 결코 그렇게까지는 타락하지 않았으리라, 그는 생각한다.

란은 박 레가 안됐다는 생각이 들어 아무 말도 하지 않는다.

란은 갈 것이다. 그리고 타오를 그냥 데려가 버릴 것이다. 이제는 동생이 다시 집에 있어도 될 만큼 많은 돈을 번다.

낮 동안에 란은 잘 지낸다. 다만 밤이 되면 종종 잠 못 든 채로 누워 동생을, 호아를, 그리고 커다란 작업장에 앉아 피로와 싸우는 다른 사람들을 생각한다. 이성적으로 볼 땐 불가능함을 알면서도 새해 명절 때까지 신발을 완성하길 바라고들 있을 것이다.

13

란의 새로운 삶은 매일 아침 일곱 시쯤에 시작된다. 작은 대나무 오두막 안에서 깨어나면, 박 레가 벌써 밖에서 아침을 짓는 소리가 들려온다. 그는 이미 녹슬어 버린 낡은 숯불 화덕에서 쌀죽을 끓인다. 이따금씩 어떤 날에는 게를 집어넣기도 하고, 또 어떤 날에는 뱀 고기를 약간 넣기도 한다. 그의 정원에서 난 신선한 풀은 늘 있다.

"집에 들어가 부엌에서 먹고 싶으면 그래도 된단다. 콘플레이크와 온갖 요즘 음식들 말이다."

첫날 박 레는 이렇게 말했다.

하지만 란은 그저 고개만 저었다. 란은 자기가 먹는 쌀죽에 만족하고, 여기 밖에서 식사할 수 있는 것에 만족한다. 이곳은 편안하다. 고상한 집 안은 란에게 맞지 않는다.

그래서 란은 매일 아침 앉아서, 할아버지가 전쟁 이야기와 북부 뱀 마을에서 살던 이야기를 해 주는 동안 쌀죽을 홀짝거리며 먹는다.

"난 1965년에 북베트남군 군인들 한 무리와 함께 호찌민 루트를 지나 이곳 남쪽으로 내려왔단다. 나라를 미국인들에게서 해방하기 위해 말이야. 미군들은 하늘과 땅과 낮을 지배했고, 우리는 땅 밑과 밤을 가져갔단다. 그리고 결국엔 우리가 승리했지."

몇 년 뒤 군인들이 더 내려와 합류했다고 한다. 옹 레뿐 아니라 란의 아버지도 거기 있었다는 사실이 드러나자 란과 박 레는 놀란다.

"두 사람은 아직 무척 어렸지. 어린애나 다름없었어."

노인이 이야기한다.

란은 감격했다. 할아버지가 종종 전쟁 이야기를 들려주긴 했지만, 그는 벼를 재배하며 그저 마을이 다시금 싸움터에 들어갈 경우에나 힘을 보탰을 뿐이다. 아버지가 전쟁에서 어떤 일을 했는지는 지금에서야 박 레에게서 알게 된다. 박 레도 오랜만에 자신의 이야기를 기꺼이 들어 주는 사람이 생겨서 즐겁다.

"우린 유명한 뱀 부대였단다."

그의 눈이 빛나기 시작한다.

"우린 들에서 코브라를 잡아 터널 망으로 들어가는 입구 바로 밑의 구덩이 안에 가두어 놓았지. 비상경보가 울리고 미군들이 입구를 발견할지도 모르는 상황이 되면, 우린 뱀들을 풀었어. 그렇게 해서 상당수가 뱀에 물렸지. 그런데 요즘 난 관광객들에게 터널을 안내하고 있으니……."

그가 고개를 설레설레 젓는다.

"희한한 세상이야."

박 레는 터널 안내인 중 한 사람으로, 전쟁에 참여했던 노병들뿐 아니라 수많은 관광객들까지 특별히 확장된 터널로 데려간다. 한번은 그가 란을 데리고 가서 란의 아버지가 살았던 지하 세계를 보여 준다. 대부분의 지하로가 땅 표면에서 5 내지 6미터 밑에 있는 반면, 터널과 방들이 서너 층으로 포개어져 땅속 20미터까지 내려가는 곳들도 있다. 은밀히 난 뚜껑 문으로 보호된 채 그곳에는 지하 군인 병원, 회의실, 공동 침실, 공구 창고, 담수 우물과 식품 저장실, 탑과 야전 취사장 등이 있었다. 취사장은 연기를 수백 미터나 떨어진 땅 표면으로 배출하게 되어 있었다. 몇몇 터널은 심지어 강줄기 밑을 관통하여 나 있거나 출입구가 오로지 물 밑으로만 통해서 도달할 수 있게 되어 있기도 했다.

오늘날엔 입구 옆에서 음료수와 책과 기념품을 살 수 있다. 거기에는 탄환으로 만든 라이터, 총알을 단 목걸이, 또는 'I've been to the Cu Chi Tunnel(난 꾸찌 터널에 가 보았다)"이라 쓰여 있는 인기 있는 티셔츠 등이 있다.

란과 박 레는, 지하 세계로 동행해 줄 안내자를 기다리며 아이스크림을 핥아 먹고 있는 관광객들을 함께 지켜본다.

"저희 바는 이런 모습을 보고 있지 못할 거예요. 슬퍼하며 화를 내실걸요."

란이 말한다.

"화가 조금도 안 나세요?"

"관광객들 대부분은 저 밑에서 일어난 일을 이해하지 못하지만, 그래도 그룹마다 깨닫는 사람이 한둘은 있단다. 그리고 그들이 그걸 다른 사람들에게 전할 거야."

박 레가 말한다.

"잊히지 않도록 말이지."

다른 레 가족 사람들은 란이 만날 일이 드물다. 초록색 유니폼 차림의 집안 일꾼은 마주칠 때마다 여전히 못마땅한 얼굴로 란을 바라보지만, 적어도 더 이상 개들이 덤벼들게 하겠다고 위협하지는 않는다. 란이 어떻게 해낸 건지 그로선 모를 노릇이겠지만, 란은 이제부터 사장 집 고용인이니 이곳을 돌아다녀도 된다. 심지어 이따금씩 집 안에 들어가 호아네 아주머니의 부엌일이나 청소를 거들어야 할 때도 있다.

란과 서로 가장 잘 통하는 것은 두 마리의 개, 루와 끼이다. 개들은 하루 종일 란의 곁에서 떨어지지 않는다.

따이를 비로소 다시 만난 것은 어느 주말, 따이가 어머니와 함께 시내에서 돌아오고 난 다음이다. 구덩이 속 뱀들에게 갓 잡은 들쥐들을 먹이고 구멍에서 막 기어 나오고 있는 란을 보자 따이는 눈이 휘둥그레진다.

"대체 여기서 뭐하는 거야? 그새 또 몰래 들어온 거야?"

따이가 란의 팔을 움켜잡는다.

"우리 땅에서 당장 나가! 아니면 개들더러 너한테 달려들라고 할까?"

란은 웃음이 터져 나온다.

"루! 끼!"

란이 부른다. 개들이 큰 소리로 짖으며 달려와 란 주위를 유쾌하게 껑충껑충 맴돈다.

"나 여기서 일해!"

"흥, 일한다고? 어련하시겠어!"

따이가 팔을 꽉 누르자 란이 비명을 지른다.

"뭐 하는 거냐? 애를 놓아주거라!"

할아버지가 화를 낸다.

"얜 벌써 한 번 여기 몰래 들어오려 했었어요. 할아버지께 말씀 안 드리던가요?"

"그런 게 아니에요. 단지 담장을 잘못 넘었을 뿐이에요. 전……. 얘기하자면 길어요."

따이가 웃기 시작하자, 란은 주먹을 쥐고 다가간다.

할아버지가 란을 붙든다.

"긴 얘기는 오늘 저녁에 이야기해 주렴. 지금은 다른 뱀들에게 먹이를 주러 가려무나. 그리고 따이야, 넌 집에 들어가는 게 좋겠다."

"엄마가 보내서 왔어요. 다음 주에 손님들에게 안내를 해 주실 수 있는지 여쭤 보래요. 터널로 말이에요."

"어떤 손님들 말이냐?"

박 레의 목소리가 언짢게 들린다.

"국제 조사단이라나 봐요. 그리고 단장이 가족을 데려올 거예요. 이번엔 독일에서 온대요."

따이는 짜증 난 목소리다.

"어느 독일 신문에 우리 공장이 노동자들을 잘못 대하고 있다고 기사가 실렸거든요. 밤에도 일을 시키고, 고용 계약서도 제대로 쓰지 않고, 가혹하게 처벌한다고요."

따이는 숨을 깊이 들이쉬고 격앙된 목소리로 말을 잇는다.

"하지만 모두 기자나 경쟁사의 거짓말이에요! 아빠가 블루마크를 못 받게 하려는 거라고요."

"블루마크라니?"

란도 할아버지도 처음 듣는 말이다.

"국제 무역에서 성공하려면 어떤 표창이 필요해요. 예를 들어 블루마크 같은 거요."

따이가 설명한다.

"공장에서 노동 환경이 특별히 좋은 회사에 수여하는 거예요. 아빠가 그걸 받으려고 신청했어요."

란은 어이가 없어 따이를 바라본다.

"표창? 노동 환경이 특별히 좋다고?"

란은 이해할 수 없다. 바로 옆 땅에 있는 커다란 작업장에서 무슨 일이 벌어지는지 따이는 전혀 모르는 것일까?

"넌 신발 공장이나 국수에 들어갈 채소를 써는 곳에 가 본 적 있니?"

란이 묻는다.

따이는 퉁명스럽게 고개를 젓는다.

"아니, 뭐 하러?"

할아버지가 말한다.

"이것 참, 좋은 질문이다. 뭐 하러 그러겠니? 알아 둬라, 란. 우리 아들과 걔네 가족은 돈만 셀 뿐, 어떻게 번 돈인지는 관심이 없단다."

"독일 바이어들은 좋은 신발을 얻게 되면 기뻐해야죠! 우린 그런 신발을 생산하고……"

"누가 '우리' 야?"

란이 묻는다.

"넌 신발창을 몇 장이나 붙여 봤지? 넌 몰라……"

"그럴 필요도 전혀 없지!"

따이가 격분하여 말을 끊는다.

"그리고 외국인들에게도 그런 건 상관없는 일이야. 그 사람들은 자기 나라에 그대로 있으면서 신발을 사면 돼. 그게 분업이야. 우린 생산하고, 그 사람들은 구입하고!"

할아버지가 슬픈 눈으로 따이를 바라본다.

"소문은 장사의 적이지. 해외에선 그런 문제에 무척 민감하단다. 유명한 축구 스타가 우리 신발을 광고할 경우, 그 신발이 우리 노동자들의 눈물로 생산된 것이어선 곤란하지."

"핏!"

따이가 콧방귀를 뀐다.

"아빠는 절대로 직원들이 착취당하도록 놔두지 않을 거예요. 옛날 전쟁 때 미국인들의 착취에 맞서 몸소 싸웠는걸요."

"맞다, 하지만 그건 오래전 일이지. 강인한 성품과 도덕 원칙을 지닌 사람은 자신의 신념을 희생하느니 차라리 목숨을 버릴 것이라고 공자님은 말씀하셨다만. 하지만 오늘날 장사를 하는 사람들이 얼마나 강인하니? 너희 아버지가 숨길 게 없다면, 조사단도 아무것도 못 찾겠지."

"바로 그거예요! 그들더러 전부 살펴보라 하죠. 그러고선 자기들이 본 걸 보고하라고요!"

따이가 의기양양한 목소리로 말한다.

"네 생각은 어떠니, 란?"

할아버지가 묻는다.

"숨길 게 있을까? 노동자들은 모두 행복하잖니. 돈도 많이 벌고, 규칙적으로 쉬고, 모두들 뗏 명절을 고대하면서 사장이 새 일거리를 구해 와 뗏을 못 쉴지도 모른다는 걱정 따윈 하지도 않잖니."

박 레의 목소리에는 비꼬는 투가 역력하다.

"무슨 말씀을 하시려는 거예요?"

따이가 몹시 화나서 묻는다.

"저 작은 뱀이 할아버지께 무슨 이야기를 한 거죠?"

"내가 몰랐던 얘기는 아무것도 없었단다. 다만 뗏 명절 얘기만 처음 듣는 것이더구나. 넌 뗏을 거르는 걸 상상할 수 있겠니?"

따이가 깜짝 놀라 바라보자, 할아버지는 웃음이 나온다.

"너에겐 달이 하늘에서 떨어지는 게 더 있을 법하겠지. 내가 너희들과 함께 집에서 살지 않고 여기 밖에서 사는 이유가 넌 뭐라고 생각하니?"

"제가 어떻게 알겠어요? 아빠는 할아버지가 땅 밑 터널에서 너무 오래 사셨다고 하던데요. 그래서 이젠 부드러운 침대에서 못 주무신다고요."

"그래, 그렇게 말하던?"

할아버지는 고개를 살며시 젓는다.

"아비가 생각한다는 게 고작 그거냐? 넌 란과 함께 언제 한번 공장에 가서 둘러봐야 할 거다. 언젠가는 여기 사장이 될 테니 너도 알아야겠지. 남의 등 위에 집을 지을 순 없다는 걸 말이다."

따이는 마치 할아버지의 말씀을 뿌리치려는 듯 몸을 뒤흔든다. "걱정 마세요, 곧 공장을 돌아볼 거니까요. 조사단이랑 같이 갈 거예요. 독일 가족이 여기 머무는데 제가 딸을 돌봐 줘야 하거든 요. 그 애는……."

"그 사람들 언제 와?"

란이 말을 끊는다. 따이가 언제 실정을 알아볼지, 알아보긴 할 것인지가 갑자기 대수롭지 않아진다. 오로지 중요한 것은, 이 조 사가 언제 실시되는지 알아내는 것이다. 만약 그것을 다른 사람 들에게 말해 줄 수 있다면, 자신이 편을 바꾸지 않았다는 것을, 다만 일하는 장소만 레 가족의 집으로 바꿨을 뿐 앞으로도 쭉 평 범한 노동자라는 것을 그들도 깨달을 것이다. 란이 주는 정보는 조사단이 공장을 시찰할 때 저항을 조직할 기회를 마련해 준다. 드디어 가능성이 열렸다.

"목요일에 와서, 금요일에 공장을 시찰할 생각이야. 아빠가 그 사람들을 초대하셨어."

따이가 집 안으로 사라지자마자, 란은 질풍 같은 속도로 나머 지 뱀들에게 먹이를 준다. 그러고서 공장에 가도 되는지 박 레에 게 물어본다.

"공동 침실에 놔두고 온 게 있어서요."

"뭔가 놔두고 왔다고?"

박 레가 생각에 잠긴 얼굴로 바라본다.

"네 머릿속에서 지금 무슨 생각을 하는지 알 것 같구나. 나한텐 말하지 않는 게 낫겠다. 하지만 말을 나누거나 뭔가 이야기할 때 상대방이 어떤 사람인지 잘 확인해 보거라, 란. 그리고 조심하렴. 지금처럼 많은 돈이 걸린 문제에선 사람들이 체면을 차리지 않는 단다."

14

란이 경비원들을 지나 공장 울안으로 들어갈 때 아무도 란을 신경 쓰지 않는다. 그들은 란이 레 가족의 집에서 일한다는 것을 알고 있다. 공동 침실에는 아무도 없다. 모두들 아직 일하는 중이다. 자정이 지나서야 목소리와 발걸음이 들리는데, 대부분 공동 침실을 지나쳐 간다. 오로지 동생 타오만이 들어와서 란의 목을 덥석 부둥켜안는다.

"다른 사람들은 어디 있어?"

"뭔가 논의할 게 있대. '중요한 비밀이야!' 라면서 날 보냈어. 뭐 좋아, 난 피곤하니까."

란은 타오가 잠들 때까지 기다렸다가 사람들을 찾아 나선다. 공동 침실마다 귀를 기울이다가, 마침내 어느 방에서 새어 나오는 낮은 목소리들을 듣는다. 란은 노크를 하지 않고 문을 연다.

방 안은 어둡다. 오로지 달빛만이 작은 창문 하나를 통해 들어와 노동자들을 비추고 있다. 그들은 침대에 앉아 란을 등지고 서 있는 어느 젊은 남자의 말에 귀를 기울이고 있다.

그러다가 란은 그를 알아본다. 민이다! 여기서 무엇을 하는 것일까? 건물 출입 금지 명령을 받았는데. 저들에게 붙잡힌다면 구금될 것이다. 아니면 다시 고용된 것일까? 민이 있어서 잘됐어, 란은 생각한다. 민과 함께라면 항의는 틀림없이 성공할 것이다.

"이건 엄청난 기회야!"

민이 막 말하고 있다.

"우리가 실제로 어떤 처지인지 그 사람들에게 보여 줘야 해. 우린⋯⋯."

다른 사람들 한가운데에 앉아 있는 호아가 란을 보았다. 호아의 깜짝 놀란 얼굴에 민은 하던 말을 도중에 뚝 멈춘다. 민이 뒤를 돌아본다. 다른 사람들이 민의 눈길을 좇다가 돌처럼 굳어 버린다.

별안간 정적이 쫙 깔린다.

"이럴 수가, 우리 스파이께서 오셨군!"

민이 천천히, 천천히 다가온다.

란은 달아나고만 싶다. 하지만 자신이 비록 다른 곳에서 일한다 할지라도 여전히 그들 편이라는 것을 반드시 증명해 보일 것이다.

"독일 조사단이 와."

말이 입에서 빠르게 튀어나온다.

"우리의 노동 환경이 좋은지 나쁜지 보려고 해. 사장이 어떤 표창을 받겠다고 지원했어."

침묵. 다른 사람들이 서로를 바라보며 소곤거리기 시작한다.

"왜 우리한테 이런 얘길 하는 거지?"

민이 묻는다.

"이건 정말 우리에게 기회야. 우린……."

"우리?"

민이 비꼬는 얼굴로 바라본다.

"우린 조사단이 온다는 걸 안 지 한참 됐어. 물론 그건 기회지. 우리한테 말이야! 하지만 넌 어느 편이지?"

"저 애를 붙잡아 둬야 해!"

그들 가운데 한 명인 둥이 외친다.

"돌아가면 우릴 일러바칠 거야."

"어떻게 그런 생각을 할 수 있니? 난……."

부질없는 일이다. 란이 무슨 말을 하든지 다른 이들의 눈에는 불신이 높고 견고한 장벽처럼 서 있다. 그들에게 란은 언제까지나 배신자다.

란이 돌아서서 가려 하자, 민이 성큼성큼 두 걸음 앞으로 나와서, 란을 붙잡고 오른팔을 등 뒤로 꺾는다. 란은 아파서 얼굴을 찡그린다.

"우리를 밀고하진 않을 거야. 네 동생이 우리랑 같이 일하지 않던가? 네가 여기 더 이상 없는데 이제 누가 그 애를 지켜 주지?"

민이 웃는다. 하지만 그것은 악의가 담긴 웃음이다.

"왜 날 안 믿는 거지? 난 너희를 도우려는 것뿐인데."

민이 비웃는다.

"이게 돕는 거라고? 그리고 내일이면 다시 누군가 체포되겠지? 얼마 전에 나처럼 말이야."

"내가 그런 거 아니라니까!"

"놔줘, 민. 란이 우릴 배신하는 거라고 난 생각하지 않아."

호아다.

란이 고마운 마음으로 호아를 바라본다.

민은 팔을 놓고 란을 침대 위로 밀친다.

"뭐 좋아. 어쩌면 정말 우릴 도울 수 있을지도 모르지. 란은 정확히 언제 조사단이 오는지 알아내야 해."

"다음 금요일에 여기 와."

란이 말한다.

"사장 집에서 묵을 거야."

"확실해?"

민이 미심쩍은 눈으로 란을 바라본다.

"사무실에서 일하는 홍의 말로는 그 다음 월요일이나 되어야 온다는데."

"어쩌면 우리에게 잘못된 날짜를 말해 주라고 저들이 란을 보낸 걸지도 모르잖아?"

"우리 주의를 엉뚱한 데로 돌리려는 거야."

의심하는 목소리들이 점점 늘어나며 커진다.

"란이 돌멩이를 던지던 일 잊었어? 난 란을 믿어."

란이 돌멩이를 던져 잠들지 않게 도와주었던 처녀들 중 한 명인 하이가 말한다.

란은 방 안을 둘러본다. 사무실의 홍은 와 있지 않다. 어쩌면 그는 사장을 위해 일하며, 노동자들에게 잘못된 정보를 주라는 지시를 받았을지도 모른다. 아니면 따이가 잘못 안 것일까? 신중을 기하기 위해 란은 이런 의심을 입 밖에 내지 않는다.

민이 말한다.

"그럼 좋아. 우린 널 한번 믿어 보겠어. 옛날 일 때문에 말이야. 넌 이제부터 적 진영에 들어간 우리의 스파이야. 조사관이 오는 대로 우리에게 알려 줘야 해."

"난 내일 당장 그 사람과 그 가족들이 쓸 침대 시트를 깔아야 해. 그 사람은 목요일에 와서 주말까지 있을 거야."

"우린 녹음기가 필요해. 네가 집 안에서 좀 찾아봐."

"하지만 그건 도둑질이잖아. 만약 뭔가 없어지면, 내가 제일 먼저 의심받을 거야. 사장 아들인 따이는 지금도 벌써 날 도둑 취급하는걸."

"그저 빌리기만 하면 돼. 우린 우리 상황에 대해 보고할 거야. 그런 다음 넌 녹음기를 다시 가져가고 우린 조사 단장에게 테이프를 주는 거지."

란에게 선택권이 있을까? 민의 말이 맞다. 기계를 그저 빌릴 뿐이다.

돌아가는 길에 나서며 란은 만족한다. 모두가 란을 믿어 주는지는 모르겠지만, 최소한 더 이상 배신자 취급을 하지는 않는다. 다행히 학교에 있던 선생님에게 그런 테이프 녹음기가 있었기에, 적어도 무엇을 찾아야 하는지 알고 있다. 집 안 어딘가에 하나가 있을 것이다. 란은 따이가 자신은 아무것도 몰랐다고 더 이상 말할 수 없게 될 날이 벌써부터 기다려진다.

15

레 가족의 저택을 청소하는 날이다. 베트남의 모든 가족이 매
년마다 새해 명절을 앞두고 하는 일이긴 하지만, 이번에는 특별
히 깨끗해야 한다. 독일 조사단의 방문이 코앞에 닥쳐 있는데, 그
들에게 많은 것이 달려 있기 때문이다. 모두들 일을 거들어야 한
다. 란도 청소에 동원된다. 박 레로선 영 마음에 안 들지만, 그도
어쩌지 못한다.

란으로선 훨씬 마음에 안 드는 일이다. 란은 창문을 닦고, 손님
용 침실에 침대 시트를 새로 깔아야 한다. 그리고 난생처음으로
진공청소기를 쓰게 된다. 앞쪽이 씩씩거리는 그 별난 기계는 그
것만으로도 느낌이 다소 으스스하다.

"쉭쉭거리는 뱀도 겁내지 않는 사람이 그런 기계도 못 만지
겠니?"

란이 청소기 이야기를 하자 박 레가 말한다.

"그리고 청소기가 네 말을 안 듣거든, 그냥 플러그를 콘센트에
서 뽑아 버리렴."

"빗자루로 하면 더 빨리 끝나는데요. 그럼 여기 밖에서 할아버지를 도와드릴 수 있잖아요."

박 레가 웃는다.

"넌 우리 며느리를 모른다. 집 안에 아직 빗자루를 두긴 했을까? 그 애는 부자가 된 뒤로 가전제품을 사들이고 있어. 머리카락마저도 전기로 만든 바람에 말리지."

그렇게 해서 란은 진공청소기를 들고 이 방 저 방 다닌다. 단하나의 가족이 어떻게 이렇게 큰 집에서 살 수 있단 말인가?

"먼지 한 점도 놓치면 안 돼!"

따이의 어머니가 명령한다.

"레만 씨 가족은 중요한 손님이야. 여기서 기분 좋게 지내야해. 독일 사람들은 깨끗한 걸 좋아한다고."

얼룩 하나 보풀 하나까지 없애려 애쓰면서, 란은 방들 안을 주의 깊게 둘러본다. 테이프 녹음기는 어디 있을까?

거실에 하나가 있지만 붙박이로 되어 있다. 따이의 여동생 방에 있던 것과 꼭 마찬가지다. 부부의 침실에는 테이프 녹음기가아예 없다. 그 대신 란은 다른 것을 발견한다.

란은 몇 분 동안 꼼짝 않고 침대 옆 작은 책장 앞에 멈춰 서서, 맨 위 단에 놓여 있는 투명한 액체가 담긴 병을 뚫어져라 바라본다. 고향 집 오두막에서 조상을 모시는 제단에 놓여 있는 것과 똑같이 생겼다. 그리고 바로 그것처럼 액체 한가운데서 둥그렇고 검은 뱀 눈 하나가 헤엄치고 있다. 코브라의 눈이다. 란은 병을 내리려 조심스레 손을 뻗는다.

"손가락 치워! 감히 건드렸다간 봐!"

란은 따이의 어머니가 뒤에서 불쑥 나타나자 깜짝 놀라 움찔한다. 그녀가 오는 소리는 듣지도 못했다.

"병이……. 저런 게 저희 바도 있어요. 전쟁에서……."

"남자들하고 그들의 전쟁 기념품이란!"

따이의 어머니는 짜증 난 목소리다.

"그이만 아니라면 저 바보 같은 눈을 벌써 오래전에 내던져 버렸을 텐데. 매번 여기 들어올 때마다 저게 날 빤히 쳐다본다고. 끔찍하기도 하지. 하지만 그이에겐 신성한 거니까 아무도 손대선 안 돼. 그러니까 일자리를 잃고 싶지 않으면 손가락 치우라고!"

그리하여 란은 작은 병을 멀리 돌아가며 먼지 닦는 천을 문지른다. 병 속에서 코브라의 눈이 깜짝 놀랍도록 살아 있는 느낌을 준다.

맨 마지막으로 란은 따이의 방으로 간다. 역시나 그곳에 휴대용 테이프 녹음기가 놓여 있다. 란은 기분이 그다지 편치 않다. 다른 방에서 찾아냈더라면 더 좋았을 것이다. 따이는 즉각 란을 의심할 테니까. 테이프 녹음기가 없어진 것을 따이가 알아차리지 못하길 바랄 수밖에 없다.

란은 테이프 녹음기와 서랍에서 찾아낸 공테이프를 수건에 둘

둘 말아 넣고서 집 밖으로 슬쩍 빼낼 기회를 노린다. 다행히 따이의 어머니는 잠시 뒤 따이를 학교에서 데려오기 위해 자동차를 타고 시내로 간다. 새해 맞이 방학이 시작되었다.

란은 테이프 녹음기를 자신의 오두막으로 가져가 밤에 깔고 자는 대나무 자리 밑에 숨긴다. 그리고 당장 그날 저녁 테이프 녹음기와 공테이프를 공장의 공동 침실로 가져간다. 동료들은 안도하며 란을 맞이한다. 아직까지 란을 그렇게 완전히는 믿지 않았던 것이다.

"네가 올 줄 알았어!"

호아가 말하며 란을 꼭 껴안는다.

그들은 침대에 서로 꼭 붙어 앉아 한 명씩 차례차례 마이크에 대고 자신의 얘기를 이야기한다. 어째서 이곳으로 왔는지, 그리고 공장에서 어떤 생활을 하고 있는지. 민이 녹음을 주재한다. 두 시간이 지나자 아직 모두가 자신의 이야기를 하려면 한참 멀었는데도 테이프가 꼭 차 버린다. 녹음된 테이프는 민이 간직한다.

"언제 이걸 사장이 눈치채지 못하게 조사관에게 넘겨줄지 잘 생각해 보자."

민이 말하며 테이프를 바지 주머니에 찔러 넣는다.

란은 테이프 녹음기를 맡는다. 그리고 따이가 운전기사와 함께 공항으로 손님들을 맞으러 나간 덕분에 테이프 녹음기를 들키지 않고 따이의 방에 슬쩍 다시 갖다 놓는 데 성공한다.

란은 따이 어머니의 감독을 받으며 방에 먼지가 없나 최종적으로 점검한다. 그러고 나자 중대한 순간이 왔다. 독일에서 온 손님들이 도착한다.

짐 나르는 일을 거들어야 하는 란은 서둘러 정원 입구로 간다. 트렁크와 가방이 많다. 손님들은 이곳을 방문한 뒤 동쪽 바닷가에 있는 커다란 항구 도시인 냐짱으로 가 2주를 더 휴양할 생각이다.

란은 호기심 가득한 눈으로 손님들을 관찰한다. 조사관은 키가 크고 약간 뚱뚱한 남자이다. 짧은 바지와 얇은 티셔츠를 입었는데도 더위 속에서 지독하게 땀을 흘리고 있다. 얼굴은 벌겋게 달아올랐고, 짧은 갈색 머리카락은 머리에 달라붙었다.

하지만 친절하다. 그는 란이 커다란 가방을 받아 들려 하자 웃음을 지어 보이며 친절하게 고마움을 표한다.

"깜 언(고맙구나). That is nice of you(친절하기도 하지). But it is too heavy for you(하지만 네가 들기엔 너무 무겁단다)."

어머니도 마찬가지로 무척 상냥해 보인다. 또한 그녀도 더위에 괴로워하는 기색이 뚜렷하다. 그녀가 란에게 미소 짓는다.

"짜오!"

그녀가 말한다. 이번 방문을 위해 특별히 베트남어를 몇 마디 배운 모양이다.

딸은 대략 란과 비슷한 또래이다. 란의 읽기 책에 그려져 있던 유럽 사람들 모습 꼭 그대로다. 구불구불한 긴 금발 머리, 파란 눈. 키는 란보다 약간 더 크다. 짧은 치마에 어깨끈이 없는 티셔츠를 입고 있다.

"Puh, it's hot here(휴, 여긴 덥네)!"

소녀가 앓는 소리를 내뱉는다. 란이 가방을 받아 들려 하자, 소녀는 당황하여 묻는다.

"You're working here(여기서 일하니)?"

란이 고개를 젓는다. 란은 알고 있는 얼마 안 되는 영어를 끌어모은다.

"Work in the factory(공장에서 일해). Shoes, you know(신발, 알겠어)?"

"운동화 만드는 데서 일한다고? 와! 그럼 넌 언제나 최신 모델을 고를 수 있겠다."

딸이 한숨 쉰다.

"난 어머니한테 돈 달라고 만날 졸라야 하는데……."

란의 영어 실력으로는 완전히 알아들을 수가 없다. 란은 무슨 뜻이냐는 얼굴로 손님들과 함께 차에서 내린 따이를 바라본다.

따이가 거만한 미소를 지으며 통역해 준다.

란은 놀랐다.

"난 결코 죽을 때까지 그런 신발을 사 신을 수 없다고 말해 줘. 우리 중 누구도 그렇게 할 수 없다고 말이야."

따이는 머뭇거린다.

"그런 말은 할 수 없어."

"왜?"

"저 애는 이해하지 못할 테니까. 독일에선 누구나 저런 신발을 몇 켤레씩 살 수 있거든."

"아, 알겠어. 우리가 왜 그렇게 돈이 없는지 저 애가 물어볼까 봐 통역해 주지 못하겠단 말이지? 그리고 너희 바가 우리에게 임금을 너무 형편없게 주는 건 아닌지도 물어보고?"

"입 닥쳐!"

따이는 크게 화를 내며 돌아선다. 그리고 란을 더 이상 거들떠보지 않고, 조사 단장 딸에게 영어로 한참을 이야기한다. 이윽고 따이는 여행 가방을 받아 들고 그녀를 집으로 데려간다.

그러는 사이에 독일 부인은 황홀한 얼굴로 앞뜰을 둘러보며, 몸을 구부려 나무줄기와 진흙 화분들에서 자라는 수많은 난초과 식물들의 향기를 맡는다.

"향기 난초! 천국이 따로 없네!"

그녀는 거듭해서 외치며 즐거움에 겨워 손뼉을 친다.

"봐요, 게오르크, 히비스커스예요! 나무처럼 크네요! 그리고 이 꽃들! 색깔들이 곱기도 하지!"

남편은 부인의 말에 전혀 귀 기울이지 않는다. 그는 다른 것을 발견했다. 바로 란이다. 그는 딸과 란이 나누는 대화를 흥미 있게 지켜보았다가 이제 란에게 영어로 말을 건다.

"You're working in the factory(공장에서 일한다고)?"

란이 고개를 끄덕인다.

"What do you do there(거기서 뭘 하지)?"

"신발창을 붙여요!"라고 말하고 싶지만, 란은 적절한 영어 단어를 찾지 못한다. 그리고 만약 찾을 수 있었다 할지라도, 더 이상 말할 수 없었을 것이다.

"Mr. Lehmann(레만 씨)! Hello(안녕하세요)! Welcome to my home(저희 집에 잘 오셨습니다)!"

옹 레가 큰 소리로 부르며 그들에게 다가온다. 그는 다소 허겁지겁 손님들에게 인사한 다음 란을 돌아본다.

"넌 여기서 기다리는 게 낫겠다. 내가 금방 다시 오마. 꼼짝 말고 있어!"

"전 여행 가방을 집 안으로……."

"내가 하란대로 해!"

그가 위협적으로 란을 바라본다.

"여행 가방은 따이가 나르면 돼!"

"We should talk(우리 얘기 좀 해야겠다). I've got some questions about your work(네 일에 관해 물어볼 게 좀 있단다)."

키 큰 갈색 머리 남자가 란에게 고개를 끄덕여 보인다. 옹 레가 가볍게 몸을 숙여 절하며 그에게 집으로 함께 가자고 청한다. 집에선 옹 레의 부인과 집안 일꾼 모두가 모여 차가운 음료수를 대접하며 그들을 맞이한다.

그러고 나서 옹 레는 급한 발걸음으로 돌아온다.

"넌 손님들에게서 떨어져 있어, 알겠어! 그 사람들에게 한마디도 하지 마! 이건 명령이야! 안 그러면 짐을 싸서 가는 수도 있어! 손님들이 떠날 때까진 집에 발을 안 들여놓는 게 가장 낫겠다. 그리고 공장에서도 널 안 봤으면 좋겠어! 아버지께 가서 뱀 돌보는 걸 도와드려라."

그렇지 않아도 란은 그 일이 가장 좋다. 박 레도 란이 더 이상 집 안에서 일을 거들지 않아도 되어서 기뻐한다.

"뱀 구덩이를 청소하는 것 좀 도와주렴."

그가 말한다.

"둘이서 하면 더 쉽지."

"전 이따가 다시 한 번 공장에 가야 해요. 전……."

박 레가 고개를 끄덕인다.

"그 사람들이 왔다고 알려 줘야지?"

란은 얼굴을 붉힌다. 박 레가 뭔가 알고 있는 것일까? 란을 배신할 것인가?

"걱정 마라! 너희들이 어쩔 계획이든 난 상관하지 않는다. 내가 우리 아들과 그 애의 돈벌이 방식을 어떻게 생각하는지 이제 너도 알잖니. 우린 미국인들과 싸워 우리의 자유를 지켰는데, 이제는 자본주의 앞에서 체면이 말이 아니구나. 호찌민이 이런 꼴을 안 봐도 되어서 다행이다. 베트남 자본가들은 동포들의 빈곤 위에 자신의 부를 쌓고 있어."

이야기가 이 주제에 이를 때면 늘 그렇듯 박 레는 슬퍼진다. 두 사람은 말없이 뱀 구덩이를 청소한다.

저녁때 란은 공장으로 간다. 오늘도 근무 시간이 끝나고 다른 사람들이 올 때까지 공동 침실에서 기다린다.

"조사관이 왔어! 내일 여기로 올 거 같아!"

민이 몇 사람과 함께 어떻게 행동할지 궁리하는 동안, 란은 동생을 돌본다.

타오는 사정이 안 좋다. 열이 있는 데다, 일하다가 잠들어 대나무 막대기로 맞고 반나절어치 벌이를 잃었다. 란을 보자 타오는 울음을 터트린다.

"나 집에 갈래!"

란은 타오를 침대로 데려가, 차가운 물로 이마를 식혀 준다.

"내가 오늘 밤 곁에 있어 줄게."

"열이 계속 오르면 의사를 데려와야겠어."

호아가 말한다.

"벌써 며칠째 안 좋아. 위경련이 있고 밤에는 아파서 잠을 못 자더라고."

"난 의사에게 줄 돈이 없는걸."

"그건 걱정하지 마. 우리 모두가 돈을 모을 거야."

란은 침대에 같이 누워 타오를 꼭 안는다. 밤새도록 란은 타오의 종아리를 식혀 주고 차를 입에 흘려 넣어 준다. 타오는 아침 무렵이 되어 겨우 잠든다.

란은 조용히 다른 사람들과 일어나 밥과 차를 가져와 먹는다. 그러고서 행주를 헹구러 발코니로 간다. 다른 사람들은 벌써 일하는 중이다. 아래쪽에서 목소리들이 들려온다. 위원회가 도착했다. 조사관과 부인과 소녀 말고도 다른 남자들이 세 명 더 있다. 그리고 물론 따이도 딸의 곁에 딱 달라붙어 끊임없이 말을 해 대고 있다. 소녀가 웃는다. 따이와 서로 친한 모습이다. 란은 그들이 버스에서 내려 옹 레의 안내로 우선 사무실 건물로 들어가는 모습을 유심히 바라본다.

란은 가만히 잠자는 타오를 다시 한 번 힐끗 바라본 다음 아래로 달려 내려간다. 란은 커다란 작업장 안으로 살금살금 들어간다. 가장 먼저 눈에 띄는 것은 접착제 냄새가 나지 않는다는 사실이다. 곳곳에 환풍기가 서 있어서, 평소에는 뜨겁게 달구어졌던 작업장 이곳저곳으로 기분 좋은 바깥바람을 보내고 있다.

란은 마치 자기 자리인 척 비어 있는 자리에 앉는다. 그리고 미리 만들어진 신발창 부품을 잡고 접착제를 특별히 듬뿍 붓는다.

작업 감독들은 모두 문 곁에 서서 파견단을 기다린다.

"조심해! 사람들이 온다!"

틈 사이로 밖을 엿보던 찌중이 갑자기 외친다. 그리고 노동자들에게 돌아서서 소리친다.

"어떻게 해야 하는지 너희들도 알겠지! 말을 시키지 않는 한 아무도 말하지 않는다! 그리고 조심해! 뭐라고 말할지 꼼꼼히 잘 생각하라고! 우린 모두 불상사를 원하지 않는다!"

문이 열리고, 서양인 여섯 명이 옹 레의 인도를 받아 작업 라인 사이를 지나간다. 그들은 미리 선발된 노동자들 곁에 멈춰 선다. 질문이 던져지고, 옹 레가 질문을 통역한다. 노동자들이 공손하게 대답하면, 그것을 옹 레가 다시 영어로 옮긴다.

란은 몇몇 노동자들이 새 운동화를 신은 것을 보고 놀란다. 요즘 유행하는 모델의 최신식 신발이다. 햇살이 와 닿자 옆면의 금빛 무늬가 번쩍 빛난다.

이제 독일 소녀가 란을 발견했다. 소녀는 란에게 달려온다.

"네가 여기서 하는 일 좀 보여 줘!"

란은 방금 접착한 신발창을 번개같이 소녀의 코밑에 갖다 댄다.

소녀가 기침을 하며 뒤로 물러난다.

"윽, 지독한 냄새!"

소녀는 구역질을 하며 코를 움켜쥔다.

란이 채 대꾸하기도 전에 찌중이 허겁지겁 달려온다. 그녀의 눈이 분노를 담아 날카롭게 란을 쏘아보지만, 순식간에 모든 사람들이 란의 자리에 둘러서는 것을 그녀도 막지 못한다. 조사관이 신발창의 냄새를 킁킁 맡아 본다.

"정말 냄새가 심하군. 독성이 없는 게 확실한가요?"

굳은 얼굴로 곁에 서 있는 옹 레에게 그가 묻는다.

"부작용이 전혀 없답니다!"

옹 레가 미세하게 떨리는 목소리를 한껏 높여 말한다.

"입증된 것이죠. 제가 제 노동자들을 해칠 리 있나요. 그러면 대체 누가 신발을 만들라고요?"

모두들 웃는다. 단지 노동자들만이 고개를 숙이고 침묵한다. 영어를 거의 한마디도 알아듣지 못하지만, 사장이 체면을 잃지 않으려고 애쓰고 있다는 것을 짐작할 수 있다.

"How many breaks do you have(쉬는 시간은 몇 번이지)?"

조사관이 묻는다.

란은 웃음이 나온다.

"몇 번이냐고요? Only one(단 한 번이요)!"

란은 오른손 집게손가락을 쭉 펴 보인다.

"Only one in eight hours(여덟 시간에 단 한 번이라고요)!"

옹 레가 채 끼어들기 전에 란이 덧붙인다.

"One break(휴식이 한 번)?"

조사관이 정말이냐는 얼굴로 옹 레를 돌아본다.

그가 큰 소리로 웃는다.

"Oh no(아, 아니에요). There are lots of breaks(쉬는 시간은 많

답니다). break가 무슨 뜻인지 몰라서 그래요. 여기 있는 일반 노동자들은 영어를 거의 모른답니다."

그가 조사관을 잡아끌고 간다. 조사관이 다시 한 번 돌아선다.

"Are you at home this evening(오늘 저녁때 집에 있니)? I would like to talk to you(너랑 얘기 좀 했으면 좋겠구나)."

란은 고개를 끄덕인다. 란도 무척 바라는 바다.

옹 레가 서둘러 일행을 작업장 밖으로 데리고 나가는 동안, 란은 주위를 샅샅이 둘러본다. 민과 다른 사람들은 어디 있는 것일까? 시위를 벌이고 테이프를 건네주려 하지 않았던가.

모든 일이 들통 난 것일까? 그들은 체포된 것일까?

뜰에도 그들은 없다. 시위 행동을 할 기미는 어디에도, 전혀 어디에도 보이지 않는다. 조사단 일행이 뜰을 지나 상품 발송실로 안내되는 동안, 작업장 안에선 벌써 환풍기들이 뜯겨 나가고 있다. 서서히 열기가 다시 작업장 안으로 들어온다.

란이 호아에게 물어보려 하는데, 작업 감독 한 명이 길을 가로막는다.

"여기서 꺼져! 아니면 공장 경찰을 부를 거야!"

건물 밖 뜰에선 손님들이 막 버스에 오르고 있다. 그들은 국수 공장도 마저 둘러볼 계획이다. 옹 레가 란을 보자 달려온다. 얼굴이 분노로 시뻘겋다.

"슬슬 너한테 진절머리가 난다. 뭘 할 생각이냐? 모두들 앞에서 날 욕보이려는 거냐? 아버지께서 널 좋아하신다만, 그래도 경고해 두마. 말썽 부리면 쫓겨날 줄 알아. 넌 여기 남아서 일하는 거다. 손님들이 떠날 때까지."

"하지만 박 레께서……."

"아버지껜 내가 잘 말씀드리지. 네가 여기서 필요하다고 말이다. 난 널 우리 집 주변에서 보고 싶지 않다, 알겠냐? 그렇지 않으면 짐을 싸도록 해."

란은 고개를 끄덕인다. 하지만 작업장 안으로 들어가는 대신 공동 침실로 간다. 타오는 아직도 자고 있다.

그때 벽을 똑똑 두드리는 소리가 들린다. 벽 뒤쪽은 다른 공동 침실이다. 문이 밖에서 잠겨 있다. 란이 문을 열자, 잔뜩 화가 난 민이 뛰쳐나와 란을 넘어뜨린다. 둘 다 바닥에 쓰러진다.

"여기서 뭐 하는 거야? 왜 작업장에 없었어? 너희들 어디 있었어?"

"조사관은 어디 있어? 난……."

"버스는 방금 떠났어!"

"꼰 깍(제기랄)!"

민이 욕하며 주먹으로 바닥을 쿵쿵 때린다.

"겁쟁이들. 그런 녀석들과 함께 미국과 싸웠더라면 전쟁에서 결코 못 이겼을 거야!"

란은 민이 진정될 때까지 참을성 있게 기다린다. 무슨 일이 일어났는지 이미 짐작할 수 있다. 또다시 처벌에 대한 두려움이 더 컸던 것이다.

"다른 사람들은 계획에서 발을 뺐어. 그리고 날 여기 가뒀지."

민이 말한다.

"독일 파견단에게 즐겁고 흡족한 노동자의 모습을 보여 준다면 내일부터 쉬게 해 주겠다고 사장이 약속했어."

민이 코웃음을 친다.

"어쩌면 그렇게 멍청할 수가 있담!"

"그들이 사장 말을 믿는다고?"

"흥, 그들이 무엇보다 믿는 건, 독일 사람들이 낌새를 챈다면 사장이 자기들을 해고하리란 것이지."

"한 번밖에 없는 기회였는데."

"나도 알아."

"사장은 결코 쉬게 해 주지 않을 거야. 그 약속이 얼마나 오래 갈까?"

"독일 사람들이 다시 비행기에 앉을 때까지."

"바로 그래! 설날에 일을 시키지 않으면 옹 레는 달리 가망이 없어. 그렇게 안 하면, 주문받은 신발들을 제때 완성하지 못할 거고, 주문과 많은 돈을 잃게 될 거야."

"난 몇 시간 동안 다른 사람들을 끈질기게 설득했어. 하지만 일자리를 잃고 가족에게 더 이상 돈을 벌어 줄 수 없다는 두려움이 뗏에도 일해야 한다는 실망보다 크더라고."

한참 동안 두 사람은 말없이 앉아 있다.

"다른 방법을 시도해 봐야 해."

이윽고 민이 말한다.

"아직 파견단이 완전히 떠난 건 아니잖아. 그 사람들 언제 간다고?"

"내일. 오늘 저녁때 사장이 독일 사람들이 온 기념으로 파티를 열 거야."

발코니에서 그들은 노동자 두 명이 신발 상자들을 가지고 나와 옹 레의 차에 싣는 모습을 본다.

"저기, 뭐 하는 거지?"

"모르지! 최신 모델인데."

마지막 상자가 실리자 자동차는 운전사와 신발들을 태운 채 떠나가 버린다. 민과 란은 묵묵히 자동차의 뒷모습을 바라본다. 하지만 자동차가 정문을 돌아 나가자마자 민은 뒤에 가는 노동자를 뒤쫓아 달려간다.

"자, 어서!"

민이 란에게 외친다.

"무슨 계획인지 알아내야 해."

"신발은 사장의 손님들에게 주는 거야."

상품 발송부의 홍이 설명해 준다.

"한 사람당 각 모델별로 두 켤레씩이야. 두 가지 사이즈로 말이지. 오늘 저녁때 독일에서 온 손님들을 위한 커다란 파티가 열린 대. 그리고 신발은 손님용 선물인 거지."

"아, 알겠군! 보고서를 쓰기 전에 파티와 선물을 대접받는단 말이지. 그리고 위원회의 장이란 사람은 온 가족을 데리고 사장의 집에서 묵고. 그러고 나서 모두들 공장에서 일하는 환경이 끝내준다고 믿게 되는 거고. 자기들처럼 노동자들도 모두 행복하다고 말이야."

"그런 말 사장 귀에 안 들어가도록 주의해. 안 그러면 사장은 네가 뇌물 공여죄를 뒤집어씌운다고 생각할지도 몰라."

"그게 뇌물 공여죄가 아니면 뭐지?"

홍이 고개를 설레설레 젓는다.

"조심해야 해, 민. 오늘 저녁에 경찰 서장도 초대를 받았어. 또 안 좋은 일을 당하려고 그래?"

민이 웃는다.

"중요한 건, 마지막에 웃는 쪽이 누군가 하는 거지. 내가 어떤 카드를 쥐고 있는지 만약 사장이 안다면……."

무슨 말이냐는 얼굴로 바라보는 홍에게 민이 자세히 설명해 주려고 입을 열자, 란이 민을 쿡 찌르며 눈동자를 굴린다.

"우리 계속 가야지. 자, 어서!"

란은 민을 잡아끌고 정문 쪽으로 나간다.

"어쩌면 그렇게 멍청할 수가 있어!"

란이 민을 타박한다.

"넌 홍이 어느 편인지 전혀 모르잖아. 내가 너희를 배신한 게 아니니까, 누군가 다른 사람이 있을 거 아니야! 첫 번째 모의 때는 홍도 같이 있었다고. 테이프는 어디 있어?"

민은 자신의 바지 주머니를 톡톡 두드린다.

"안전하게 보관하고 있어."

란이 비웃는다.

"저들이 널 체포하면? 넌 여기 건물 출입 금지 명령을 받은 거 잊었어? 테이프는 나한테 줘. 오늘 저녁때 조사관에게 주도록 해 볼게."

민은 머뭇머뭇 테이프를 꺼낸다. 하지만 달리 도리가 있을까? 오직 란만이 집에 들어갈 수 있다. 비록 사장은 란을 보고 싶어 하지 않지만.

"잘 해!"

민은 란에게 행운을 빌어 주며, 아픈 동생을 돌보러 공동 침실로 사라지는 란의 뒷모습을 바라본다.

16

집에 도착하자마자 란은 몸을 숨긴다. 대나무 오두막으로 몰래 가서 박 레의 조언을 구할 생각이다. 란은 발끝으로 살금살금 집을 돌아가다 따이의 어머니와 딱 마주친다.

"씬 로이(죄송합니다)."

란이 더듬더듬 말을 꺼낸다.

"박 레께서⋯⋯."

"아버님은 안 계셔."

따이 어머니가 말을 끊는다.

"모두들 꾸찌 터널로 안내 관람 갔어. 그런데 너는? 대체 내내 어디 있었니? 내가 혼자서 다 해야겠니? 저녁상도 차려야 하고, 또 신발 상자들도 있어. 그러니까 자, 어서, 서둘러라. 빈둥거리라고 돈 주는 거 아니야."

란이 이곳에 발을 들여선 안 된다는 것을 모르는 모양이다. 더 잘됐군! 하고 생각하며 란은 그녀를 따라 집 안으로 들어간다.

따이의 어머니는 식당에 쌓여 있는 신발 상자들을 가리킨다.

"이것들을 여기 구석에 세워라. 대칭을 맞춰서 멋지게 탑을 쌓아. 신발 치수가 앞쪽에 보이게 하고. 그런 다음 밖에 나가 정원에서 난초랑 꽃을 꺾어 와라. 레만 부인이 무척 좋아하거든. 그걸로 탁자를 장식해. 아 그래, 아버님께서 구덩이에 있는 독사들에게 먹이를 좀 주라고 하시더라. 하지만 탁자가 먼저야. 뱀들은 기다리라고 해!"

잔과 접시 들을 식탁에 놓고, 냅킨을 접고, 젓가락들을 가지런히 정리하면서 란은 자꾸만 마분지 상자들 쪽을 바라본다.

마침내 란은 더 이상 참지 못하고 상자 하나를 열어 본다. 운동화 한 켤레가 하얀 종이에 싸여 놓여 있다. 금빛 별들이 박힌 검은색 운동화. 땀이 더 잘 빠지도록 세 겹으로 붙인 특수 신발창. 이렇게 우아하고 기품 있게 놓여 있는 신발을 보면, 이 신발을 만들어 내는 데 얼마나 많은 노동이 들어갔는지 아무도 짐작하지 못할 것이다. 얼마나 많은 노동자들이 진이 빠져 잠들었다가 벌을 받았는지. 이 검은 가죽이 분노와 굴욕의 눈물을 얼마나 많이 빨아들였는지!

란은 상자들 밑에서 신발 치수가 가장 작은 상자를 골라낸다. 아마도 딸에게 줄 것이리라. 란은 상자를 열고 신발 오른짝을 꺼낸다. 그런 다음 자신의 샌들을 훌렁 벗고 맨발로 신발을 신는다. 가죽이 기분 좋게 시원한 감촉이 난다. 신발이 너무 크다. 그 소녀는 란과 나이는 같아도, 발은 훨씬 크다. 란은 왼짝도 신어 보고서 발을 끌며 식당 안을 거닌다. 란의 발이 이토록 멋진 신발을 신어 보는 것은 이번이 처음이자 마지막이 될 것이다. 란은 발들이 한순간 한순간을 즐기도록 해 준다.

"감히 무슨 짓이야! 어떻게 네 더러운 발로 손님에게 드릴 신발을 신을 수 있어!"

란은 몸을 움츠린다. 안 보는 사이에 방에 들어온 따이의 어머니가 주먹으로 란을 마구 때린다.

"요 어린 것이! 무슨 생각을 하는 거야!"

란은 이를 악물고 최대한 빨리 신발을 벗어, 상자에 다시 포장해 넣는다.

"아버님은 네가 어디가 좋으시다는 건지 난 모르겠구나. 아버님만 아니면 널 지금 집 밖으로 내던질 텐데. 공장에는 이런 기회를 기다리는 여자애들이 널렸어."

한 상자씩 한 상자씩 란은 신발들로 탑을 쌓아 올린다. 따이의 어머니가 다시 들어온다. 그녀는 현수막과 접착테이프를 가져온다.

"이것도 위에 붙여야 해."

그녀가 말한다.

"여기 앞쪽이 가장 좋겠다. 모두에게 보이도록 말이야."

현수막에 찍힌 커다란 푸른색 마크가 눈에 확 들어온다. 그 밑에는 금빛 철자로 이렇게 쓰여 있다.

'신발 생산에서 노동 조건을 엄수한 탁월한 성과에 대한 표창'. 그 밑으로 공장의 이름과 날짜.

란은 기가 막혀 푸른색 마크를 바라본다. 이것이 따이가 이야기했던 것일까?

"이게 뭐예요?"

"우리 공장이 표창을 받았어."

따이의 어머니가 말한다. 목소리에 자부심이 또렷이 배어 있다.

"독일에서 온 조사관이 노동자들을 공정하게 대우하는 공장들에 이 증명서를 나누어 줘. 우리가 이제 이렇게 인정을 받았으니 당연히 주문이 더욱 많이 들어오겠지. 외국과 무역을 하려면 그런 품질 인증이 엄청난 가치가 있는 거야."

"'공정하게' 라니, 그게 무슨 뜻이죠?"

"원 세상에, 질문도 많지! 공정하게란…… 무슨 뜻이냐면…… 뭐, 우리처럼 하는 걸 말하는 거지."

따이의 어머니는 짜증 난 목소리다.

"너도 우리 공장에서 직접 일했잖니. 좋은 작업 환경, 높은 임금, 쉬는 날들, 정말 공정하잖니! 이제 그만 난초를 따러 가거라. 왜 그렇게 서서 날 빤히 보는 거야? 어서, 어서!"

란의 손은 꽃들을 한 송이 한 송이 따고 있지만, 란의 생각은 공장에 가 있다. 호아와 다른 사람들이 여덟 시간 전부터 일하고 있는 곳, 환풍기들이 오래전에 다시 철거되어 사무실 건물로 도로 옮겨지고 없는 곳, 열기와 소음과 악취가 노동을 한층 힘겹게 만드는 곳. 그 독일 부인이 감격에 겨워 뭐라고 외쳤던가.

"천국이야! 얼마나 좋을까! 이런 천국에서 살 수 있다면!"

천국에서 꽃과 종려 잎 뒤에 어떤 모습이 가려져 있는지 만약 그녀가 안다면, 하고 란은 생각한다. 하지만 그런 모습을 그녀는 결코 보지 못할 것이다.

풀 속에서 바스락 소리가 난다. 란 때문에 놀라 낮잠을 깬 줄꼬리뱀 한 마리가 구불구불 기어간다. 생각에 잠긴 채 란은 수풀 속으로 사라지는 뱀의 뒷모습을 바라본다.

란은 식당으로 돌아와 난초들을 식탁 위에 골고루 놓는다. 마지막 남은 것들은 쌓아 올린 신발 상자들 사이의 구석 테이블 위에 뿌린다. 그때 꽃 하나가 바닥에 떨어진다. 란은 떨어진 것을 주우려 몸을 굽힌다. 그리고 바닥까지 내려오는 테이블보를 들어 올리다 움찔한다. 무언가 긁는 작은 소음, 그러고서 다시 조용하다. 무엇인가 탁자 밑에 숨어 있다. 길 잃은 전갈일지도 모른다. 란은 전갈을 찾기 시작한다. 전갈이 나중에 손님들을 깜짝 놀라게 하면, 란이 불쾌한 일을 당할 것이기 때문이다.

란은 조심스레 테이블보 밑으로 기어 들어가 주위를 둘러본다. 벽에는 전갈이 없다. 그러다가 란은 화들짝 놀라 비명을 지른다. 란이 쪼그려 앉아 있는 바닥에 격자창이 박혀 있다. 그곳엔 자물쇠가 걸려 있다. 란은 창살 사이로 두 개의 검은 눈을 바라본다.

"쉿!"

귀에 익은 목소리가 말한다.

"나야, 민!"

"거기서 뭐 하는 거야?"

란이 소곤거린다.

"가! 들키면 어쩌려고!"

"걱정 마! 저들 중에서 탁자 밑으로 기어 들어올 사람은 없을 테니까."

"거기는 어떻게 들어간 거야? 자물쇠가……."

"다른 쪽에서 들어왔어. 여긴 어디나 땅굴이 뚫려 있거든."

"란!"

따이 어머니의 목소리다.

"란! 어디 있는 거니?"

그녀가 식당에 들어온다.

"다시 밖에 나가 뱀들이랑 있나 보군. 이놈의 아이는 정말이지 별 도움이 안 된다니까."

그녀의 발걸음이 멀어진다.

란은 탁자 밑에서 흥분하여 몸을 부르르 떤다.

"자, 가!"

민이 말한다.

"네 오두막에서 만나자."

란은 들키지 않고 집에서 살짝 빠져나와 정원을 가로질러 자신의 대나무 오두막으로 달려간다. 그곳에선 벌써 민이 초조하게 란을 기다리고 있다.

"같이 가자!"

민이 말하며 란의 손을 잡는다. 민은 오두막 뒤편 수풀로 란을 데려가 땅바닥에 놓여 있는 시든 종려 가지 몇 개를 치운다. 뱀 구덩이로 들어가는 것과 똑같은 구멍이 나타난다.

민이 먼저 들어가고, 란이 뒤따른다. 터널이 좁아서 네 발로 기어서만 앞으로 나갈 수 있다. 완만한 내리막이 계속되다가, 갑자기 터널이 넓어지고 방이 나온다. 그곳은 비어 있다. 대나무 줄기로 만든 틀에 해먹 두 개가 매달려 있을 뿐이다.

"내 지하 집에 잘 왔어."

"여기 산다고?"

란은 어리둥절한 얼굴로 희미한 손전등 빛 속에서 최대한 보이는 데까지 작은 방 안을 둘러본다.

"안 그러면 우리가 어디 살겠어? 저들이 날 해고한 거 벌써 잊었어?"

"우리라니?"

민은 고개를 까닥이며 어두운 지하로 속으로 사라진다. 란은 민을 따라간다. 다시 두 사람은 긴 지하로를 기어가고, 그 끝에서 다시 방 하나가 나온다. 젊은 여자 한 명이 장작불 위에 걸려 있는 찌그러진 커다란 냄비 속을 휘젓고 있다.

그녀는 웃음 지으며 돌아서서 란에게 손을 쭉 내민다.

"난 프엉이야."

그녀가 말한다.

"민에게서 네 얘긴 많이 들었어. 같이 먹을래?"

그러니까 이 사람은 란이 공장에서 자리를 대신 차지한 민의 여자 친구다. 란은 살짝 당황하여 고개를 젓는다.

"난 돌아가야 해. 오늘 저녁때 손님 시중을 들어야 하거든."

"다른 때에 다시 오도록 해. 아마 우린 여기 얼마 더 머물 거야."

란은 고개를 끄덕인다.

"불에서 나는 연기는 어디로 가? 누가 볼까 봐 겁나지 않아?"

민이 웃는다.

"전쟁 때 쓰던 옛날 시스템이 아직도 돌아가. 연기는 강 밑을 가로지르는 작은 환기갱을 통해 위쪽으로 올라가. 환기갱은 아주 빽빽한 덤불숲에서 끝나고. 미군들을 속이기 위해 지어진 거지. 그러니까 절대 안전해!"

"난 돌아가야 해. 분명 벌써들 기다리고 있을 거야."

"오늘 저녁때 시중든다고?"

란은 고개를 끄덕인다.

"아주 잘됐어!"

민이 만족하여 말한다.

"같이 가자."

민은 다시 부엌에서 시작되는 어두운 지하로 속으로 사라진다. 란은 프엉에게 손을 흔들어 인사하고 민을 뒤따른다. 굴 안은 어둡지만, 민은 이곳 땅 밑을 구석구석까지 잘 아는 모양이다. 갑자기 민이 걸음을 뚝 멈춘다. 지하로가 이곳에선 날씬한 사람 두 명이 나란히 설 수 있을 정도로 넓다.

수직갱 하나가 가파르게 위쪽으로 나 있다. 벽에는 계단이 박혀 있다. 위쪽에서 빛이 희미하게 빛난다.

"우린 사장의 집 바로 밑에 있어. 수직갱을 기어 올라가면, 식당에 있는 격자창에 도달할 거야. 하지만 떨어지지 않게 조심해."

란은 천천히 계단을 기어 올라간다. 많은 것을 알아볼 수는 없다. 하지만 격자 살 사이로 신발 상자들을 올려놓은 탁자의 밑면이 보인다.

"앤 또 어디 있는 거야?"

따이 어머니의 성난 목소리가 방 안 가득 쩌렁쩌렁 울린다. 란은 흠칫 놀라 하마터면 계단 밑으로 떨어질 뻔한다. 란은 부랴부랴 수직갱을 다시 기어 내려온다.

"난 돌아가야 해. 따이 어머니가 벌써 날 찾고 있어."

"금방 끝나!"

민이 란의 팔을 꽉 잡는다.

"이제 잘 들어 봐. 난 뱀 대여섯 마리가 필요해, 작은 뱀으로."

"뱀? 뭘 하려고?"

"오늘 저녁, 네가 저기 위에서 시중들 때, 난 여기 밑에 있을 게. 뱀들을 바구니에 넣었다가 내가 바구니를 뚜껑을 열고 위쪽으로 격자창에 대고 있는 거야. 뱀들이 식당으로 기어 들어가겠지. 모두들 비명을 지를 거고 너는 소란을 틈타 조사관에게 우리가 녹음한 테이프를 슬쩍 쥐여 주는 거지. 그를 도와주려는 척하면 돼."

"사장이 알아채면 어떻게 해? 내게서 테이프를 빼앗아 가면?"

민은 어깨를 으쓱한다.

"사장이 표창을 받도록 놔둘 거야? 공정한 노동 환경에 대해? 이 일이 잘못되면, 우린 다른 방법을 생각해 내야지. 남들 눈에 안 띄고 조사관의 침실에 갈 수 있어?"

란은 고개를 젓는다.

"사장이 집에 있는 한 어림없어. 지금도 사장이 날 보면 붙잡을 걸. 그럼 난 일자릴 잃을 거야."

란은 민의 계획이 영 마음에 들지 않는다.

"돌멩이를 던졌을 때 너도 모든 것을 걸었던 거잖아. 벌써 잊었어? 우린 어떤 희생이든 각오해야 한다고!"

민은 대답도 전혀 기다리지 않고, 란을 대나무 오두막 옆의 입구로 곧장 통하는 길로 도로 데려간다. 민이 오는 사람이 없는지 경계하는 동안, 란은 작은 줄꼬리뱀 여섯 마리를 골라 바구니에 넣는다. 란이 뚜껑을 최대한 꼭 닫아 건네주자, 민은 바구니를 들고 터널 속으로 사라진다.

17

집에서는 벌써 레 부인이 조바심을 내며 란을 기다리고 있다. 그녀는 머리에 컬 클립을 잔뜩 단 채 흥분하여 이리 뛰고 저리 뛴다.

"대체 어딜 가서 그렇게 오래 있었니? 당장에라도 손님들이 올지 모르는데. 오늘은 아무것도 잘못되어선 안 돼, 알겠어? 우리 미래가 달려 있단 말이야! 이 표창이 얼마나 중요하다고!"

그녀는 모든 계획을 아주 작은 데까지 일일이 짜 놓았다. 우선 조사관의 부인이 신발을 받을 것이다. 그녀는 상자들에 친히 이름을 적어 놓았다.

"부인이 먼저야. 그 다음이 조사관, 그 다음이 다른 사람들이고. 아무것도 잘못되어선 안 돼! 그리고 너, 정신 똑바로 차려! 한 번만 실수하면 쫓겨나는 거야. 아버님이 뭐라고 하시든 상관없어!"

란은 한마디 대꾸도 없이 고개를 숙인 채 조용히 서 있다. 하지만 이 말들에 마음속에서 무엇인가 폭발한다. 공장에서 돌멩이를 던지기로 결심했을 때나 작업 감독이 소녀의 목에 뱀을 둘렀을 때처럼.

따이의 어머니가 욕실 안으로 사라지자마자, 란은 뱀 구덩이로 달려가 줄꼬리뱀을 또 한 마리 꺼내 온다. 집으로 돌아와 작은 뱀을 위쪽에 놓인 상자 속, 레만 부인 몫의 신발 위에 놓는다.

"조용히 있어!"

란이 뱀에게 소곤거린다.

"잠깐 자고 있어. 나중에 다른 뱀들에게 다시 데려가 줄게."

란은 뚜껑을 닫고 정원에서 독일 여자가 그렇게나 좋아하는 향기로운 난초 꽃들을 더 가져온다. 란은 상자의 뚜껑을 살짝 치켜들고 꽃을 뱀 위에 흩뿌린다.

"천국의 뱀!"

이렇게 생각하며 레 부인의 얼굴을 미리 떠올리자 웃음이 킥킥 나온다. 아무것도 잘못되어선 안 된다고? 굉장한 난장판이 벌어질 것이다. 게다가 그렇게 되면 민이 격자창으로 들여보내는 뱀들도 전부 상자에서 나오는 것이라고 모두들 생각할 것이다. 상자들이 공장에 있을 때 이미 들어간 것이라고 말이다. 공장에서 일하는 노동자를 모두 해고할 순 없는 노릇이다.

잠시 뒤 진입로에서 자동차 소리가 들려온다. 웃음과 유쾌한 목소리들. 란은 부엌으로 달려가 다음 지시를 기다린다.

얼마 뒤 란이 김이 모락모락 나는 수프 접시들을 쟁반에 가득 담아 식당으로 들어가자, 조사관의 얼굴 위로 한 줄기 빛이 지나간다.

"여기 있구나!"

그는 벌떡 일어나 란을 도와주러 온다.

"이리 줘라, 네가 들기엔 너무 무겁단다. 자, 빕케야, 너도 좀 움직이렴. 이 아이가 잔을 놓는 걸 도와주거라."

란은 수프를 어색하게 손님들에게 넘겨주며 옹 레의 성난 눈길을 피하려 애쓴다. 그러고 나서 란은 문 곁에 서서 기다린다. 음료수를 따라 주고 손님들 중 무엇인가 원하는 사람이 있을 경우 바로바로 시중을 들어야 한다.

커다란 탁자에는 열 명의 사람들이 둘러앉아 있다. 옹 레와 따이, 경감과 부인, 조사관과 가족들, 그리고 파견단에 속하지만 사장의 집에서 묵지 않는 세 명의 다른 독일인들. 따이의 어머니는 일을 감독하기 위해 부엌에 남아 있다. 좋은 분위기가 맥주 한 잔 마실 때마다 더욱 무르익는다.

빕케는 따이 곁에 앉아 있다. 두 사람은 친해 보인다. 내내 말하고 웃고 한다. 따이는 젓가락 잡는 법을 보여 주고, 빕케가 음식을 입까지 무사히 가져가자 같이 기뻐해 준다.

조사관이 일어나 젓가락으로 자신의 잔을 톡톡 친다.

"시작에 앞서 우선 옹 레를 위해 건배합시다. 자신의 공장으로 올바른 이정표를 제시하고 공정한 방법으로도 품질 좋은 제품을 만들어 낼 수 있다는 것을 보여 주고 계신 분이죠. 그리하여 우리는 옹 레와 그의 공장에 블루마크를 수여합니다."

모두들 잔을 들고 옹 레를 위해 건배한다. 그도 얼굴을 온통 환히 빛내며 마찬가지로 일어서서 감사 인사를 한다.

말은 잘한다. 란도 익히 아는 사실이다.

"준비들 되었는가? 아니면 다른 공장에 주문을 넘겨줄까?"

그렇게 말하고 나면 노동자들은 모두 일을 더 하기로 결심하는 것이다. 공정 무역 신발이라니! 란의 입에서 큰 소리로 웃음이 터져 나온다. 란은 깜짝 놀라 손으로 입을 턱 막는다.

방 안이 완전히 조용해졌다. 모두 란 쪽을 바라본다. 옹 레가 시뻘게진 얼굴로 격분하여 바라보자 란은 방을 달려 나간다. 따이 어머니를 지나쳐 가자, 그녀가 부엌에서 뒤에 대고 외친다.

"란, 밥이……. 란! 당장 돌아와!"

란은 집을 빙 돌아 달려가 덤불 뒤에 숨는다. 이곳에선 식탁을, 그리고 더 중요하게는, 신발 상자들로 쌓은 탑을 지켜볼 수 있다.

그림자 두 개가 뒤쪽에서 다가온다. 루와 끼이다. 란은 털가죽을 쓰다듬어 준다. 개들은 꼬리를 짧게 흔들고 다시 달려가 버린다. 란은 불이 밝게 밝혀진 식당 쪽을 향한다. 옹 레가 일어선 것을 보니 때를 딱 맞춘 모양이다. 그는 탑 앞으로 가 서서, 맨 위 상자에 손을 얹는다.

반대쪽 손을 허공에 휘두르며 짧은 연설을 하는 옹 레를 모두

들 기대에 찬 눈으로 주목한다. 박수 갈채가 쏟아진다. 란은 숨을
멈춘다.

옹 레가 맨 위 상자를 집어 들자 따이가 상자를 금발의 부인에
게 가져간다. 모두의 이목이 집중된 가운데, 그녀가 상자를 열더
니 갑자기 비명을 내지른다. 그녀는 상자를 떨어뜨리고 의자 위
로 펄쩍 뛰어오른다. 갑자기 구석 탁자의 테이블보 밑에서 무언
가 노란 것이 나타나는 모습이 란의 눈에 들어온다. 그것은 사람
들의 눈에 띄지 않은 채 화려하게 장식된 식탁 쪽으로 구불구불
기어간다. 민이 박 레의 뱀들을 격자창 틈으로 방 안에 들이고 있
는 것이다. 그런데 란은 여기 밖에 서 있으니……, 란이 의심을
살 것이다!

뒤이은 비명이 온 방 안을 날카롭게 울리자, 란은 다시 집 안으
로 달려간다. 식당은 대혼란에 빠져 있다. 빕케와 그녀의 어머니
는 새하얗게 질려 식탁 위에 서 있고 나머지 손님들도 의자 위로
몸을 피했다.

줄꼬리뱀 일곱 마리가 방 안을 헤치며 구불구불 기어 다닌다.

란은 한 손을 바지 주머니에 넣어 테이프를 꼭 감싸 쥔 채 조사
관에게 다가간다. 그를 여기서 데리고 나가, 잠시 단둘이 있어야
한다.

란은 남는 손을 그에게 내민다.

"The snakes are not dangerous(뱀들은 위험하지 않아요)."

156

란은 뱀 한 마리를 집어 들어 그의 앞에 갖다 댄다. 그는 흠칫 물러서지만, 뒤이어 한쪽 발을 바닥에 내린다.

란이 성공했다고 생각하는 순간, 옹 레가 달려들어 란을 옆으로 밀친다.

"신사 분을 당장 내버려 둬! 어디 감히! 우리 아버지나 모셔 와! 그리고 뱀들을 잡아넣어!"

그가 란에게 고함친다. 그러고서 조사관의 팔을 잡고 방 밖으로 데리고 나간다.

란은 실망하여 두 사람의 뒷모습을 바라본다. 이제 테이프를 어떻게 해야 할까?

란은 자리를 뜨는 편이 낫겠다 싶어 정원으로 달려간다. 박 레가 오두막 앞에 앉아 있다가 기뻐하며 란에게 인사한다.

"벌써 저녁 먹었니? 손님들은 뭘 하고? 내 옆에 앉아라."

란이 상황을 채 설명하기도 전에, 따이가 집에서 뛰쳐나온다.

"할아버지, 지금 당장 좀 와 보세요. 온통 독사 천지예요. 손님들이 겁에 질렸어요. 빕케가 물렸어요. 죽을 거예요."

"독사라니! 고작 줄꼬리뱀인걸."

란이 깔보는 투로 말한다.

"아무 짓도 안 한다고."

"네가 어떻게 알아?"

따이가 란에게 고함친다.

"제발, 할아버지. 할아버지가 뱀들을 다시 잡아넣으셔야 해요. 아빠가 절 보냈어요. 온 집에 가득해요! 여기저기 다 있다고요."

"겨우 일곱 마리야, 이런 바보!"

란이 작게 말한다.

따이가 다시 달려가는 동안, 할아버지는 그대로 서서 어찌된 일이냐는 얼굴로 란을 바라본다.

"그러니까 딱 일곱 마리라. 내 뱀 구덩이에서 딱 일곱 마리가 없어졌을 수도 있겠군?"

란은 땅바닥을 바라본다.

"그리고 그렇다면, 이 집에서 겁에 질리지 않고 그 뱀들을 잡을 수 있는 사람이 누가 있을까? 네 생각은 어떠니?"

"옹 레가 신발을 공정하게 생산한단 이유로 상을 받았어요. 우린 그저 노동자들의 이야기가 담긴 테이프를 조사관에게 건네려 했을 뿐이에요. 공장에서 정말로 어떤 일이 일어나는지 알려 주려고 말이에요. 하지만 우린 그에게 접근하지 못했고, 게다가 다른 노동자들이 겁을 먹었어요. 오로지 민만이 안 그랬죠. 그래서 민이 계획을 하나 짰어요. 소란이 일어나기만 하면, 제가 테이프를 건네주는 거죠. 하지만 안타깝게도……"

"잘 안 됐구나?"

란은 슬픈 얼굴로 고개를 끄덕인다.

"뭐, 멋진 난장판이구나. 내일 아침에 이야기하자. 다른 방법이 꼭 있을 거다. 하지만 우선 뱀들부터 다시 잡아넣어야겠다. 더 많은 손님들이 '독사'에 물리기 전에 말이지. 뱀들이 일단 온 집 안에 흩어지고 나면 찾아낼 수 없을 거야."

손님들은 이제 모두들 쌀 소주를 한 잔씩 손에 든 채 거실에 모여 있다. 몇몇은 벌써 농담할 여유를 되찾았다. 또한 그새 모두들 새로 받은 신발을 신었다. 오로지 빕케만이 어디로 갔는지 보이지 않는다.

줄꼬리뱀 다섯 마리는 사람들이 빠져나간 식당에 그대로 있고, 여섯 번째는 란이 부엌에서 찾아낸다. 할아버지는 내내 혼자서 킥킥 웃는다.

"아주 좋아, 아주 좋아. 천재적인 작전이야! 너 같은 아이가 우리 부대에 있었으면 좋았을 것을. 그럼 우리가 미군들을 더 일찍 무찔렀을 텐데."

18

　박 레와 반대로 다른 사람들은 전혀 감격하지 않았다. 어쨌든 가장 큰 흥분은 가라앉았고, 손님들은 거실로 물러나 문을 꼭 닫고 있다. 집안 일꾼이 끊임없이 새 쌀 소주를 가져온다. 단지 그들의 유쾌한 웃음만이 밖으로 뚫고 나와, 일곱 번째 뱀을 찾아 계속 방들을 뒤지는 박 레와 란에게까지 들려온다.

　부부의 침실에서 박 레는 갑자기 못 박힌 듯 뚝 멈춰 선다. 코브라의 눈이 담긴 병을 발견한 것이다. 그는 조심스럽게 병을 손에 쥔다.

　"그건 만지면 안 돼요. 신성한 거래요!"

　박 레가 웃는다.

　"아, 난 이래도 된단다. 내가 이 눈을 몸소 여기 넣었는걸. 이 코브라는 우리 부대에서 가장 뛰어난 병사였지. 적군을 얼마나 많이 죽였는지 모른단다. 그 얘긴 나중에 해 주마. 그러니까 아비는 이것을 여기에 놓았군. 아직 갖고 있을 거라곤 생각하지 않았는데."

"저희 바도 그런 병이 있어요."

"이거랑 똑같은 거 말이냐? 확실하니?"

란은 고개를 끄덕인다.

"저희 건 조상을 모시는 제단 위에 있어요. 그리고 눈이 바로 저렇게 번쩍거려요. 바가 전쟁에서 가져온 거예요."

"나중에 더 자세히 얘기 듣고 싶구나. 왜냐하면 이건 딱 두 병 밖에 없거든. 코브라 눈은 우리 부대의 상징이었단다. 그리고 우리 아들과 아들의 단짝 친구가 전쟁이 끝나고 헤어지면서, 각자 눈 하나씩 든 병을 기념물로 나누어 가졌지."

바로 이때 옹 레가 문간으로 달려 들어온다. 비록 손님들에게는 미소의 탈을 써 보였지만, 화가 머리끝까지 치밀어 있다.

"빌어먹을 놈들 다 잡으셨어요? 나한테 이런 짓 한 녀석, 어디 찾아내기만 해 봐라! 대체 이게 무슨 꼴이람? 내 집이 뱀 구덩이가 되다니!"

"천국의 뱀들!"

박 레가 킥킥거린다.

"이것이 현실이지! 공정하게 생산된 신발, 그건 거짓 환상이야! 누가 뱀들을 들여보냈는가가 아니라 왜 그랬는가를 잘 생각해 보렴. 네가 여기서 파티를 벌이는 동안, 너희 직원들은 아직도 공장에서 일하고 있겠지. 초과 근무 대가로 그들에게 돈을 얼마나 주지?"

"아마 저기 어린 마녀가 한 짓이겠군요!"

"우리가 예전에 뱀들을 전투에 투입했던 거 아직 기억나니?"

"그건 적과 싸우는 전쟁에서였죠!"

"바로 그거야! 그리고 우리 뱀이 미군을 한 명씩 죽일 때마다 네가 뭐라고 말했는지 아니? '우리 민족을 착취하고 노예로 만드는 자는 그래도 싸!' 라고 말했지."

"설마 아버지가 범인은 아니시겠죠! 아버지는 제가 성공하는 게 못마땅하세요?"

이제야 옹 레는 아버지의 손에 들린 병이 눈에 들어온다.

"그걸로 뭐 하시게요? 당장 제자리에 갖다 놓으세요!"

"내가 언제 네가 잘못되길 바라던 적 있더냐? 네가 빈과 함께 미군 선발대를 제압할 때마다 내가 얼마나 자랑스러워했는지 잊었니? 넌 내 아들이고 난 네가 최대한 성공하길 빈단다. 만약…… 그래, 만약 정직하게 거둔 성공이라면 말이지."

옹 레는 아버지의 손에서 병을 빼앗아 책장 위에 거칠게 놓는다. 그 바람에 병이 다시 뒤쪽으로 떨어진다. 유리가 두꺼워 깨지지는 않는다. 코브라 눈만이 병 이쪽에서 저쪽으로 출렁출렁 헤엄칠 뿐이다.

옹 레가 비명을 지르며 몸을 구부린다.

"안 깨졌어! 이런 행운이……. 안 깨졌어!"

"오래전에 깨졌다!"

박 레의 너무나도 엄한 목소리에 란은 깜짝 놀라 그를 바라본다. 그가 이렇게 말한 적은 한 번도 없었다. 그는 란에게 따라오라고 손짓하며 문 쪽으로 간다.

"깨진 거야. 넌 그 눈이 무엇을 대변하는지 잊어버렸으니까. 그 눈을 보면 언제나 떠올려야 하는 바를 넌 벌써 오래전에 마음속에서 지워 버렸어."

바로 그때 위층에서 비명이 울린다.

박 레가 란을 뒤에 달고 서둘러 계단을 오른다. 복도에서 두 사람은 마찬가지로 비명을 듣고 온 따이와 마주친다. 하필이면 빕케의 방에서 일곱 번째 뱀이 발견된다. 소녀는 의자 위에 서서 떨리는 손으로 침대를 가리킨다.

줄꼬리뱀은 침대 밑 맨 뒤쪽 구석에 똬리를 틀었다. 란은 조심조심 기어가서 뱀을 움켜잡고 끌어낸다.

"이번 일 난 결코 용서 못 해!"

따이가 란에게 씩씩거린다.

"네가 배후에 있다고 난 확신해. 네가 상자들을 쌓았고, 줄꼬리뱀을 우리에서 가져올 수 있었던 것도 너밖에 없어."

"나는 어떠냐? 나도 용의자냐?"

박 레가 묻는 얼굴로 손자를 바라본다.

"너희 아버지와 똑같이 너도 누군가 상자에 뱀을 넣은 이유를 잘 생각해 보는 쪽이 나을 거다."

"그런 건 관심 없어요! 전 저 애를 꼭 해고시킬 거예요."

"넌 그럴 수 없어!"

란이 깜짝 놀라 따이를 바라본다.

"우린 돈이 필요하단 말이야. 미군들이 뿌린 독 때문에 사촌들이 심하게 아프다고."

"그럼 우리 집에서 일하고 있는 걸 감사하게 생각해야지!"

"란도 틀림없이 그렇게 생각할 거다."

박 레가 다시 끼어든다.

"란에게 돈이 필요하다는 건 너도 방금 들었지? 만약 그런데도 일자리를 잃을 위험을 무릅쓰는 거라면, 분명 중요한 이유가 있지 않겠니?"

따이가 성난 눈길로 란을 힐끗 쏘아본다.

"빕케에게 사과해!"

따이가 말한다.

"적어도 그 정도는 할 수 있겠지!"

"사과? 뭐에 대해?"

"빕케를 그렇게 놀라게 만든 것 말이야."

"난 그저 이곳이 천국이 아니란 걸 모든 손님들에게 깨우쳐 주려 했을 뿐이야. 공정하게 생산된 신발이라니, 웃기지도 않아!"

"그러니까 우리 아빠가 거짓말한다는 거야? 그런 뜻이야?"

따이가 격분하여 란의 티셔츠를 움켜잡는다.

"자 어서, 다 털어놔 봐. 그러고 나서 짐을 싸도록 하시지."

"내 말은 거짓말이 아니야."

"What is going on here(이게 무슨 일이야)?"

뱀이 박 레의 광주리 속으로 사라지고 난 뒤, 공포를 이겨 내고 의자에서 내려온 빕케가 당황하여 란을 쳐다본다.

"Shoes not fair(신발들, 공정하지 않아)!"

란이 말한다.

란은 묻는 얼굴로 할아버지를 바라본다. 그가 동의하는 뜻으로 고개를 끄덕이자, 란은 바지 주머니에서 테이프를 꺼내어 카세트에 넣는다.

"또이 뗀 라 호아(제 이름은 호아입니다)!"

란의 친구의 목소리가 방 안으로 울려 나온다. 호아는 낮은 목소리로 자신의 이야기를 들려준다. 어떻게 일자리를 찾아 신발 공장에 오게 되었는지. 두통을 안겨 주는 가스 이야기도 한다. 거의 날마다 있는 초과 근무와 눈 사이에 꽂는 성냥개비 이야기도.

"뭐라고 말하는 거야? 한마디도 못 알아들었어. 따이, 통역 좀 해 줘!"

호아가 이야기를 마치고 나자 빕케가 말한다.

하지만 따이는 경악한 나머지 몸이 굳어 버린 듯하다. 다음 노동자의 목소리가 울려 나오자, 따이는 몸을 날려 정지 버튼을 누른다.

"전부 날조된 거야."

따이가 소리친다.

"전혀 증거가 못 돼. 모두 거짓말이야! 저들은 그저 우릴 물먹이려는 거야."

"모두 거짓말이라고? 그러면 좋게! 하지만 안타깝게도 사실이야!"

란은 테이프를 카세트에서 꺼내 오려 한다. 따이가 길을 가로막는다.

"이 테이프로 뭘 하려 했던 거지? 조사관에게 주려고? 우리 아빠는 결코……."

"우리가 란이랑 공장에 가 보는 건 어떠냐?"

박 레가 말을 끊는다.

"지금요?"

박 레는 란을 바라본다.

란은 고개를 끄덕인다.

"그 사람들은 아직 일해!"

"좋다. 그러니까 란과 이 테이프의 여자애가 말하는 게 사실이라면, 테이프를 빕케의 아버지에게 넘기자꾸나. 사실이 아니라면 란은 사과를 하고 우린 이걸 없애는 거지."

박 레가 따이를 바라본다.

"그 정도론 부족해요."

166

따이가 여전히 분에 차서 말한다.

"사실이 아니라면, 저 애는 여길 떠나서 결코 다시는 우리 집에서 일하지 말아야 해요."

따이가 한판 붙어 보잔 얼굴로 란을 바라본다.

하지만 란은 그저 고개만 끄덕인다.

"그럼 그렇게 하는 거야!"

19

그들은 넷이 함께 거실 앞을 지나 집 밖으로 나간다. 거실에선 손님들이 웃고 있다. 뱀들은 오래전에 잊은 모양이다.

바깥에 나오자 박 레가 멈춰 선다.

"잠깐! 우리가 이 시간에 빕케를 데리고 정식으로 정문을 지나 간다면, 당장 눈에 띌 거다. 내가 작업장까지 곧바로 가는 길을 알고 있지."

박 레는 정원을 지나 자신의 오두막으로 그들을 안내한다. 그들은 민의 방으로도 통하는 바로 그 땅굴로 들어간다. 발걸음 소리를 듣고 민이 숨어야 할 텐데, 하고 란은 걱정한다. 첫 번째 갈래에서 그들은 오른쪽으로 접어든다. 란은 안도의 한숨을 내쉰다. 민에게 가는 길은 왼쪽이다. 박 레가 앞장서서 간다. 그들은 몸을 구부린 채 더듬더듬 앞으로 나간다. 이곳 땅 밑은 시원하다.

빕케는 자꾸만 걸음을 멈추고 불안하게 주위를 두리번거린다.

"여기 땅 밑에 거미가 있을까?"

란은 웃음이 나온다. 이곳에 뱀과 전갈 들이 산다는 것을 안다면, 틀림없이 거미가 더 좋을 것이다.

"아니야, 아니야!"

하지만 란은 이렇게만 말한다.

"여기 땅 밑은 거미가 살기에 너무 축축하고 어두워."

지하로는 작업장으로 통하는 문 가까이의 배수구에서 끝난다. 그들은 차례차례 기어올라 밖으로 나온다. 란은 그들을 데리고 작업장으로 가서 문을 연다. 그런 다음 뒤로 물러나 따이와 빕케를 앞장세운다. 박 레가 뒤따른다.

작업장 안에선 작업이 아직 한창이다. 공기가 이제는 태양이 지붕 위로 거침없이 내리쬐던 한낮처럼 완전히 숨 막히진 않지만, 지금도 빕케를 새하얗게 질리도록 만들기엔 충분하다.

"여긴 너무 더운걸! 숨을 쉴 수가 없어!"

따이도 이마에서 땀을 닦으며 되돌아갔으면 좋겠다고 생각한다. 하지만 란이 뒤쪽에서 두 사람을 작업장 안으로 밀어 넣는다.

"이제 하나도 놓치지 않고 잘 살펴보는 거야. 이건 쇼가 아니야. 진실이지."

아침때처럼 그들은 노동자들의 열 사이를 지나간다. 어리둥절한 눈길들이 뒤따라온다. 오늘 저녁 감독을 맡은 찌중이 황급히 다가온다. 하지만 백인 소녀가 따이와 동반한 것을 보자, 친절하면서도 약간 당황한 인사를 건네고 몇 발짝 떨어진 채 뒤따르기만 한다.

그들은 란의 인솔 아래 호아 곁에서 멈춰 선다. 란이 호아에게 눈짓한다.

"그냥 내 질문에 대답해."

란이 말한다.

"오늘 벌써 몇 시간째 일하는 중이지?"

"모르겠어. 우린 이제 시간을 세지 않아."

"그러면 끝나는 건 언제고?"

호아는 어깨를 으쓱한다.

"Ask her how many breaks she had(몇 번 쉬었는지 물어봐)."

빕케가 말한다.

"Only one break(딱 한 번)! We're tired, and we sleep(우린 피곤하고, 졸려)……."

호아는 의자 위에 서 있는 노동자를 손으로 가리킨다. 성냥개비가 그녀의 눈을 열어 젖혀 놓았다. 가혹한 처벌들이 다시 도입된 것이다. 다른 모두에겐 익숙한 광경이지만 빕케는 소스라치게 놀라 비명을 지른다.

"어서, 어떻게 좀 해 봐!"

빕케가 따이에게 고함친다.

"넌 경영자 아들이잖아! 어떻게 좀 해!"

빕케가 따이의 손을 움켜잡고 따이를 소녀에게로 잡아끌고 간다.

작업장 안에 숨이 멎은 듯한 정적. 찌중은 흥분하여 휴대전화로 전화를 건다.

따이는 별수 없이 의자 앞에 서서 어쩔 줄 몰라 한다.

"저 애한테 말해, 성냥개비를 떼어 내라고."

빕케가 재촉한다.

따이는 주위를 둘러본다.

"어떻게 하지?"

따이가 작은 소리로 란에게 묻는다.

"할아버진 어디 계셔? 이 애가 여기 서 있는 건 틀림없이 벌을 받기 때문일 텐데. 내가 그냥 그만두게 할 순……. 무슨 짓을 저질렀는지 어떻게 알아. 아마 뭔가 훔쳤겠지, 회사 재산을……."

"그래, 우리 노동자는 모두 도둑이다! 나처럼!"

란이 격분하여 말한다.

"나도 여기 서 봤어. 왜 그랬는지 알아? 열두 시간 일한 끝에 깜빡 잠들었기 때문이라고."

하지만 따이는 더 이상 란의 말을 듣지 않는다.

"What are you doing(뭐 하는 거야)?"

따이가 빕케에게 고함친다.

"No pictures(사진 찍지 마)!"

너무 늦었다! 빕케는 벌써 자신의 휴대전화로 의자 위에 선 소녀의 사진을 몇 장 찍었다.

"가자! 난 충분히 봤어!"

빕케가 말한다.

"뭐 할 생각이야?"

"사진을 인터넷에 올릴 거야. 너희 가족이 한 일을 모두 봐야 해."

"그러면 안 돼! 우린 주문을 받지 못할 거야. 파산할 거라고. 나도 아무것도 몰랐단 말이야!"

"네 사립 학교 학비를 너희 아빠가 어떻게 버는지 궁금해해 본 적도 없니? 여기 한 번도 안 와 봤어?"

따이는 고개를 끄덕인다.

"아마 아빠는 여기서 무슨 일이 일어나는지 전혀 모르실 거야. 작업 감독들이……."

"훌륭한 고용주라면 정확히 알아야 해."

"그럼 아빠는 훌륭한 고용주가 아닌가 보지!"

따이가 외친다.

"하지만 그렇다고 해서 범죄자가 되는 건 아니야."

빕케는 비웃는 얼굴로 따이를 바라본다.

"너희 아빠는 특별히 공정하게 생산된 신발로 상을 받는 거잖아. 최고의 사기꾼으로 상을 받는 게 더 나았을 거야."

"넌 집에서 유명 브랜드 신발 안 신어? 그 신발들이 어떻게 생산되는지 '넌' 알아? 난 아무것도 몰랐다고!"

"나도 몰랐어!"

빕케가 맞받아 외친다.

"물론 브랜드 운동화를 신지. 모두 그렇게 하는걸! 하지만 난 아무것도 몰랐단 말이야."

"나도 몰랐어!"

따이가 울부짖는다.

빕케가 진짜냐는 얼굴로 란을 바라본다. 란은 고개를 끄덕인다. 따이는 아무것도 몰랐다고 란은 확신한다. 어떻게 알았겠는가? 따이의 세계와 공장 노동자들의 세계는 지구와 달만큼 서로 멀리 떨어져 있는데.

"사진은 우리 아빠한테 드릴 거야. 그리고 테이프도 이제 내 거야. 여기서 벌어지는 일을 세상은 알아야 해."

따이는 빕케를 바라보더니, 테이프를 주머니에서 꺼내어 빕케가 막을 새도 없이 바닥에 던진 다음 밟아 부순다.

"아무도 이 목소리들을 못 듣게 될 거야. 그리고 네 말은 아무도 안 믿을 거야."

"두고 보시지!"

따이가 빕케의 새 운동화를 가리킨다.

"넌 우리를 비난하면서 동시에 우리 신발을 신고 있잖아! 너도 나을 거 없어."

빕케가 살짝 당황하여 자신의 발을 본다.

"나더러 지금 맨발로 가라고?"

"그래."

따이가 말한다.

"진심이라면 맨발로 가야지. 우리를 욕하고 우리 아빠를 사기
꾼이라 부르면서 우리 신발을 신을 순 없잖아. 독일에 돌아가서
모든 걸 잊고 나면 가게에서 우리 신발을 새로 사도 되겠지. 하지
만 이건 벗도록 해."

영어로 주고받는 말다툼을 보며 란이 이해할 수 있는 것은 따
이와 빕케의 새로운 우정이 이번 공장 방문에서 살아남지 못하리
란 것 정도이다. 그래서 란은 빕케가 자신의 새 운동화를 벗어 따
이의 손에 쥐어 주는 모습을 지켜보며 어안이 벙벙할 뿐이다. 빕
케는 그런 다음 맨발로 걸어 입구로 돌아간다.

따이는 그 자리에 서서 당혹한 얼굴로 자신의 손에 들린 신발
을 바라본다. 금빛 무늬가 네온등 불빛 속에서 희미하게 빛난다.

"멋진데 말이야!"

"그래, 멋지지."

란은 손가락으로 부드러운 검은 가죽을 쓰다듬는다.

"겉은 그래. 하지만 넌 신발 안을 들여다봐야 해. 신발창의 층
들 사이나 안쪽을 말이야. 아주 깊숙이, 가죽 속에 파묻혀, 우리
의 피곤한 눈과, 우리의 두려움과, 우리의 분노가 들어 있어. 이
신발을 신는 사람은 누구나 우리의 고난을 밟으며 거니는 거야."

20

작업장 밖에 나가니 박 레와 빕케가 기다리고 있다. 그들은 묵묵히 터널로 도로 기어 내려간다.

"빕케가 자기 아빠한테 아무 얘기도 해선 안 돼요!"

따이가 목소리를 낮춰 할아버지에게 끈질기게 졸라 대는 소리가 란에게 들린다. 터널 안은 무척 좁아서, 한 줄로만 갈 수 있다. 따이는 자신의 할아버지 바로 뒤에서 간다. 할아버지가 자꾸만 뚝 멈춰 서는 통에 따이는 계속 부딪친다.

"빕케는 모든 걸 망쳐 놓을 거예요! 소문이 퍼지면 우린 파산해요. 아무도 우리와 새로 계약하려고 하지 않을 거라고요."

"그러면 누가 네 사립 학교 등록금을 내고 집안 일꾼들 월급을 주겠니? 정말 큰 변이로구나!"

박 레의 목소리에서 조롱이 묻어난다.

"할아버지, 제발요. 그 애랑 이야기 좀 해 보세요! 할아버지 가족 일이잖아요."

이번에는 박 레가 너무 갑작스레 멈춰 서는 바람에, 따이는 쿵,

할아버지를 덮치게 된다.

"이제 내 말을 잘 들어 보렴, 얘야. 네 말이 맞아. 이건 내 가족 일이지. 하지만 만약 이 일들이 사람들에게 알려진다면 난 우리 가족에게 좋은 일을 하는 걸 거다. 그럼 무엇인가 변할 테니까. 빕케가 입을 다문다면 어떤 일이 벌어지겠니?"

따이는 고개를 숙인다.

"그렇겠지. 넌 모든 게 예전 그대로면 좋겠지. 돈이 계속 굴러 들어오고. 넌 지금 다니는 비싼 사립 학교에 다니다가, 미국에서 유학한 뒤, 나중에 언젠가 공장을 넘겨받아 네 아비가 시작한 일을 이어받는 거지. 바로 네 동포들을 등쳐 먹는 것 말이다. 이게 네가 원하는 거니? 그러면 노동자들은? 그들의 입을 네가 조금 전에 아주 성공적으로 막았지. 그들이 애쓴 것은 모두 헛일이었 니? 그리고 란은?"

"그 테이프는 모든 걸 망가뜨렸을 거예요!"

"아 그래, 누구 걸 망가뜨린단 말이냐? 물론 너와 네 부모는 망했겠지. 하지만 노동자들도 그럴까?"

"공장이 파산하면 대부분 일자리를 잃을걸요."

"유일하게 그 점에서 우리가 생각이 같구나. 내가 너희를 도와 줄 유일한 이유이기도 하고. '싸우는 대신 협상을 한다면 지혜롭 다는 징표이다!'라고 호찌민도 말했지. 하지만 내가 너희들의 호 화스러운 생활을 구해 줄 수 있을지, 혹은 구해 주고 싶은지는 나도 모르겠구나."

그는 따이를 서 있는 대로 놔둔 채 계속 간다. 따이는 란과 빕케가 비집고 지나가는 동안에도 고개를 푹 숙인 채 굳은 얼굴로 꼼짝 않고 가만히 서 있다. 란은 살짝 측은한 마음이 든다. 따이는 독일 소녀 앞에서 체면을 잃었다. 그것은 아픈 일이다. 하지만 또 한편으론 테이프를 부수어 버렸으니 저렇게 되어 고소하기도 하다.

그들은 차례로 터널에서 기어 나온다. 할아버지가 맨 먼저, 그 다음엔 빕케가.

"입구에 뚜껑을 덮어라!"

박 레가 란에게 외친다. 란이 다음 순서로 터널에서 버둥거리며 나오자, 할아버지가 벌써 빕케를 데리고 집 쪽으로 가는 모습이 보인다. 그가 빕케에게 무엇인가 한참을 이야기하더니, 결국 두 사람은 서로 악수를 나누고 함께 집 안으로 사라진다.

란은 따이를 기다리지만, 따이는 오지 않는다. 란은 기다리고 기다리다, 결국 손전등으로 터널 안을 비춰 본다. 하지만 알아볼 수 있는 것이 별로 없다. 길을 잃은 것일까? 따이는 틀림없이 무척 혼란스러울 것이다.

란은 터널로 도로 기어 내려간다.

"따이! 어디 있는 거야?"

여전히 정적뿐이다. 란은 공장 쪽 길로 접어들어, 따이를 부르고 귀 기울여 본다. 그런 다음 되돌아와 다른 쪽 길로 간다.

"따이!"

"란!"

어두운 형체가 란 쪽으로 다가온다. 손을 흔들어 인사하는 사람은 다름 아닌 민이다.

"네 친구는 우리한테 와 버렸어. 갑자기 침실에 서 있더라고."

"내 친구가 아니야! 사장 아들이지. 그 애는 어디 있어?"

"프엉이랑 한창 집을 구경하고 있어."

"저런, 프엉이 식당으로 통하는 격자창을 보여 주지 않아야 할 텐데. 그랬다간 뱀들이 어디서 왔는지 따이가 알게 될 테고 너희들은 새로 살 곳을 찾아야 할 거야."

그들은 부엌에서 따이와 프엉을 만난다. 따이는 막 굴뚝을 살펴보고 있다. 따이가 살짝 어색해하며 란을 맞는다.

"아빠가 여기 땅 밑에서 살았어."

따이가 말한다.

"하지만 난 여기 처음 와 봐."

"우리 바도. 두 분 모두 뱀 부대에 있으셨대."

"그리고 우리 민족이 결코 다시는 억압받지 않도록 싸웠지."

민이 덧붙인다.

"란과 나는 전통을 이어 나갔을 뿐이야. 자, 내가 뭘 좀 보여 줄게."

란이 힐끗 쳐다보며 경고를 보내지만, 민은 따이의 손을 잡고서 집으로 이어지는 지하로 안으로 따이를 끌고 간다. 민은 따이에게 계단을 기어 올라가 식당 안을 보도록 한다.

"넌 미쳤어!"

란이 소곤거린다.

"따이는 우릴 모두 일러바칠 거야. 그럼 난 직업을 잃을 테고. 지금까진 내가 장본인이었단 걸 아무도 증명할 수 없었단 말이야."

"우릴 일러바치지 않을 거야. 프엉이 저 애한테 우리가 아이를 잃어버린 이유와 여기서 살고 있는 이유를 이야기해 줬을 때 저 애의 얼굴을 네가 못 봐서 그래. 저 애는 나중에 언젠가 사장이 될 거야. 그러니까 땅 밑이 어떤 모습인지 알아야 해."

따이는 돌아오는 길 내내 침묵을 지킨다. 란과 작별 인사도 하지 않고, 구멍을 기어 나와 가 버린다. 란은 테라스 문을 통해 집 안으로 사라지는 따이의 뒷모습을 바라본다.

박 레의 대나무 오두막은 텅 비어 있다. 아마 다른 사람들과 함께 아직 집에 있는 모양이다. 란은 그의 행동을 곱씹어 볼수록 점점 슬퍼진다. 빕케와 무슨 논의를 했을까? 아마 아버지에게 아무것도 말하지 않도록 빕케를 설득했을 것이다. 아마 변화가 생기도록 자기가 마음 쓰겠노라고 빕케를 안심시켰을 것이다. 하지만 그가 그렇게 할 수 있을까? 아들에게 미치는 영향력이 얼마나 클까? 옹 레가 그를 존중하는 것은 확실하다. 결국 아버지니까. 하지만 박 레가 항의의 표시로 대나무 오두막에 산 지 벌써 몇 년이 되었건만, 변한 것은 아무것도 없지 않은가! 옹 레는 그와 이야기할 때면 존중이라는 가면을 쓴다. 사람들이 그렇게 하니까 말이다. 하지만 회사 정책에 아버지가 간섭하는 것은 허락하지 않는다.

어쩌면 박 레는 간섭할 생각도 전혀 없을지 모른다. 가족이 가장 중요한 것이다. 그리고 위기 상황에 몰리면 가족은 일치단결한다. 개인적으로 알지도 못하는 노동자 몇 명이 박 레에게 대체 무슨 의미가 있겠는가?

21

    자오 트어(섣달그믐), 뗏 명절의 전날이다. 잠에서 깨어난 란은 잠시 그대로 누워 있다. 난생처음으로 새해 명절을 가족과 함께 쇠지 못할 것이다. 란은 갈 수도 있었지만, 그러면 동생이 홀로 외로이 남았을 것이다. 그렇게 해서 타오는 적어도 내일 언니와 함께 식사할 수는 있을 것이다. 사장은 모두에게 집에 가는 것을 금지했지만, 어쨌든 점심때 함께 식사하는 것은 허락된다. 그러고 나면 다시 작업이 예정되어 있다.

    란은 아직도 이해할 수 없다. 민이 줄곧 예고했건만, 아무도 민의 말을 제대로 믿지 않았다.

    란은 가만히 귀를 기울인다. 오늘 아침은 무척이나 조용하다. 박 레는 벌써 아침 식사를 한 모양이다. 어쩌면 심지어 집에서 먹었을지도 모른다. 그가 집으로 완전히 들어갈까? 다른 편을 든 지금 상황에서 말이다. 빕케에게 침묵의 대가로 무엇을 주겠다고 했을까? 란은 당장이라도 울 것 같다. 그에게 무척 실망했다.

    독일 손님들이 점심때쯤 되어 떠난다. 란은 그들이 무척이나 친근하게 옹 레 부부와 작별하는 모습을 지켜본다. 빕케가 아무런 이야기도 하지 않은 것일까? 보아하니 안 한 모양이다. 이야기를 들었다면 그들이 저렇게 친절할 리 없을 테니까. 게다가 그들은 새 운동화도 신고 있다. 다 박 레의 작품이다. 모든 것이 헛일이 되었다!

마지막으로 빕케가 집에서 나온다. 빕케는 란을 보자 달려와 악수를 건네며 말한다.

"Bye and thank you(안녕, 그리고 고마워)."

란은 자동차로 달려가는 빕케의 뒷모습을 바라본다. 유일하게 빕케만이 샌들을 신고 있다.

따이는 작별하는 자리에 얼굴도 내비치지 않는다. 자기 방에 틀어박혀 아무와도 이야기하려 들지 않는다.

이날은 시간이 빨리 흘러간다. 무엇보다 청소할 게 많은 탓이다. 란은 따이 어머니를 도와 조상들께 드리는 꽃과 선물 들로 집을 장식한다. 마음속에서는 자신의 어머니 곁에서 제단과 할아버지의 무덤을 꾸미고 있다.

란은 중간 중간 틈틈이 얼굴을 닦는다. 아무에게도 눈물을 보이고 싶지 않다. 집 안 분위기는 유쾌하다.

마침내 늦은 오후가 되어 일이 끝났다.

박 레는 아직 보이지 않는다. 란은 그를 보고 싶은 마음도 없다. 임금만 더 높지 않았어도, 공장 일자리를 되찾으려 했을 것이다. 이제 와서 어떻게 그와 계속 일을 한단 말인가?

지치고 슬픈 마음으로 란은 공장으로 출발한다. 노동자들이 방금 근무를 마쳤다. 적어도 오늘은 초과 근무가 없다. 그럼에도 분위기가 착 가라앉아 있다. 이곳에 자기 뜻대로 남아 있는 사람은 아무도 없다. 모두들 가족이 있는 집으로 가고 싶다. 일부는 일 년 동안 가족을 못 본 사람들도 있다. 란은 저녁밥 짓는 일을 거든다.

민과 여자 친구도 와 있다. 오늘은 아마도 통제하는 사람이 아무도 없을 것이다. 경비원들도 설을 쇠기 때문이다.

밥을 먹는 동안 모두들 말이 없다. 마음은 지금쯤 마찬가지로 함께 모여 앉아 밥을 먹고 있을 가족들 곁에 가 있다. 그곳 또한 즐거운 기분이 나지 않을 것이다. 호아는 못 간다고 가족들에게 알리지도 못했다.

"명절 내내 날 기다릴 거야! 마을엔 전화가 없거든. 내가 아픈 줄 알고 걱정할 거야."

가족에게 소식을 전하지 못한 것은 호아뿐만이 아니다. 모두들 어제까지도 사장이 약속을 지키리라 믿었던 것이다. 왜 민의 말을 듣지 않았던 것일까?

"네 말이 맞았어. 여기 공장에서 테이프를 건네야 했는데. 옹레가 거짓말한다는 것을 알아야 했는데."

민은 침묵한다. 너무 늦었다. 무엇인가 바꿀 기회는 지나갔다.

사장은 블루마크를 받았고, 모두들 그의 신발을 살 것이다. 이른바 공정하게 생산된 신발이니까.

타오는 침대에 누워 운다. 먹으려고도 마시려고도 하지 않는다.

"집에 갈 수 있다고 언니가 약속했잖아!"

타오가 흐느끼며 말한다.

"언니가 약속했잖아. 바도 약속했고."

"그리고 사장도 약속했지!"

호아가 말한다.

"사장은 돈을 갖고 있고, 그 때문에 그가 규칙을 결정해. 세상 일이 다 그런 거야. 너희 바는 아무것도 바꿀 수 없어. 언니도 마찬가지고."

란은 타오를 안고 이리저리 흔들며 달랜다.

"우린 언젠가 다시 집에 갈 거야. 아무도 막을 수 없어. 하지만 그러려면 힘이 필요하잖아. 넌 먹어야 해. 안 그러면 길을 갈 수 없어."

축제를 벌일 기분은 아무도 나지 않는다. 모두들 노동으로 피곤한 데다 내일이면 또 새로운 근무가 시작된다. 금세 공동 침실 안에 정적이 찾아든다.

란은 누운 채로 한참을 깨어 있다. 침실에서 유일하게 집에 갈 수도 있었다. 어쩌면 내일 정말로 그렇게 하는 게 좋을지도 모른다. 타오도 같이 데려가고. 이제 돈을 훨씬 많이 번다고 아버지에게 설명하면, 타오는 집에 남을 수 있을지도 모른다. 하지만 박 레가 계속 뒤를 돌봐 줄 것인가? 편을 바꾼 지금 이 마당에? 결국 란도 일자리를 잃을 것이다. 그렇지만 가족은 돈이 꼭 필요하다. 펫은 내년에도 있다. 란은 동생에게 팔을 두르고 몸을 꼭 갖다 댄 다. 내년에는 집에 갈 것이다, 기필코.

아침이 되어 란은 다른 사람들과 함께 일어난다. 그들은 함께 침대에 앉아 밥을 먹는다. 여느 때와 같은 하루. 새해라는 사실을 상기시켜 주는 것은 아무것도 없다.

타오가 밥공기를 씻고 있는 발코니에서 갑자기 요란한 외침이 들려온다.

"바!"

타오가 외친다.

호아가 걱정스러운 얼굴로 란을 바라본다.

"이제 완전히 제정신이 아니야, 불쌍해라."

"언니, 봐! 바야! 바가 저기 있어!"

란이 가만히 있자, 타오가 와서 발코니로 끌고 나간다.

"타오, 바는 집에 계셔. 바는……."

"보라니까! 저기, 오토바이 위에!"

정말이다. 거기 그들의 아버지가 낡고 낡은 오토바이 뒷자리에 앉아, 웃으면서 손을 흔들고 있다. 오토바이가 무척 낯익다 싶더 니, 란은 운전자도 알아본다. 바로 박 레이다.

타오가 쏜살같이 공동 침실을 가로질러, 계단을 내려가 뜰로 나가는 동안, 란은 꼼짝 않고 서서 보기만 한다.

그러고선 란도 달려 내려간다.

"쭉 남 머이 하인 푹!"

박 레가 란에게 외친다.

"새해 복 많이 받아라!"

"바, 여기 어떻게 오셨어요?"

아버지는 얼굴이 온통 환하게 빛난다.

"어제저녁에 뜻밖의 손님이 찾아왔단다. 옛 전우 말이다."

아버지가 박 레를 가리킨다.

그들은 아버지를 안내해 작업장을 둘러본다. 다른 사람들이 막 자기 자리에 앉고 있다. 즉시 오늘 작업 감독인 찌중이 나타난다.

"여긴 무슨 용건이시죠?"

찌중은 두 남자의 낡은 바지와 먼지투성이 얼굴을 미심쩍게 바라본다.

"안 나가시면 공장 경찰을 불러오겠어요!"

박 레가 찌중에게 상냥하게 웃음 지어 보인다.

"좋은 생각이군, 아가씨. 꼭 그렇게 하도록 하게나. 우리 아들이 자기 아버지가 체포되면 뭐라고 할지 몹시 궁금하군. 산업 스파이 행위나 뭐 다른 근거로 말이지."

찌중이 당황한 눈빛을 한다.

"전 이해가 잘……."

"그게 자네의 문제일세, 아가씨. 그리고 이제 좀 내가 친구에게 여기 공장을 보여 주도록 해 주게나. 자네는 그동안 우리 아들에게 전화를 하도록 하지. 설날 아침 식사 때 귀찮게 굴면 그 애가 틀림없이 기뻐할 거라네."

그는 란의 아버지와 팔짱을 끼고 노동자들의 열 사이를 함께 돌아다닌다. 란과 타오가 뒤따른다. 찌중은 어찌할 바를 모르고 서 있다. 별수 없이 그녀는 적당한 간격을 둔 채 작은 무리를 뒤따른다. 이처럼 찌중이 어쩔 줄 몰라 하는 광경은 무척 생소한 것이라, 잔잔한 기쁨이 노동자들의 열 사이로 슬며시 번진다. 그들은 작은 무리의 움직임 하나하나를 좇는다.

이따금씩 두 남자는 멈춰 서서 노동자들에게 질문을 한다.

"진실을 얘기해 주렴!"

박 레가 말한다.

"쉬는 시간이 몇 번 있지? 그리고 왜들 집에 못 가는 거지?"

처음엔 머뭇거리다 점점 대담하게 그들은 말한다. 찌중이 아무 것도 알아듣지 못하도록 작은 소리로.

"오늘은 아무도 벌 주어선 안 되네!"

할아버지가 찌중에게 마지막으로 말한다.

"우리 아들이 직원들에게 주는 새해 선물이야!"

"저…… 전 모르는 일입니다!"

찌중이 더듬거리며 말한다.

"사장님은 감독 일에 절대 간섭하지 않으셨는데요."

"큰 실수였지. 오늘부터는 그렇게 할 걸세, 내 말 믿으라고! 마음에 안 들거든 사장에게 전화를 하게."

박 레가 찌중에게 친절하게 손을 흔들어 인사하고 출구 쪽으로 뚜벅뚜벅 걸어가 버린다.

란과 타오뿐 아니라 모두들 작업 감독을 바라보며, 평소에는 그렇게나 두렵던 그녀가 처음으로 말문이 막힌 모습에 흡족해한다.

란과 타오는 아버지와 박 레와 함께 공장을 떠나 사장 가족의 집으로 간다. 노인은 어제 해 뜰 무렵 출발했다. 란의 마을이 어디 있는지는 란에게서 들어 알고 있었다. 그는 물어물어 란의 가족을 찾아갔다. 처음에 란과 타오가 오지 못하리란 이야기를 듣고 가족들은 실망이 컸지만, 곧이어 남자들은 이야기에 빠져들었다. 전쟁에 대해, 그리고 그들이 미국인들을 무찔러 이 땅에서 쫓아내기 위해 여러 해 전에 함께 떠나왔던 북부의 작은 마을에 대해. 베트남 민족은 결코 다시는 고난과 착취에 고통 받아서는 안 되었다. 그리고 오늘 아침 그들은 함께 이곳으로 오기로 뜻을 굳혔다.

집 앞에서 그들은 따이의 어머니와 마주친다. 그녀는 안도하며 박 레에게 인사한다.

"대체 어디 계셨어요? 여기저기 찾아다녔잖아요. 어디 가셨는지 아무도 모르더라고요!"

그녀는 박 레의 먼지투성이 옷을 바라본다.

"그렇게 들어오시면 안 돼요. 옷을 갈아입으셔야죠. 먼지를 완전히 뒤집어쓰셨네요!"

"겉에만 그렇지! 안쪽은 반짝반짝 광이 나는걸!"

따이의 어머니가 얼굴을 찡그린다. 그녀는 박 레의 이런 말투가 싫다. 그리고 박 레가 자신과 똑같이 먼지투성이인 남자를 소개해 주자 더욱 싫은 눈치를 보인다.

"이쪽은 란과 타오의 아버지란다. 아비랑 나랑 같이 여기 터널에서 싸웠지. 옛 전우 말이다."

"짜오 뭉 하인 푹!"

란의 아버지가 정중하게 새해 복을 빌며 허리 굽혀 절한다.

"깜 언."

따이 어머니의 말은 정중하게 들리지만, 눈길은 여전히 미심쩍은 기색이다. 란의 아버지가 현관문으로 가는 모습을 보자, 그녀는 당황하여 어쩔 줄 모른다. 그녀는 란의 아버지를 쫓아가 제지하려 한다.

"잠깐만요! 지금 절에서 오시는 스님을 기다리는 중이에요. 그분이 오늘 첫 손님이어야 해요."

전통적으로 첫 손님이 가족의 새해 운을 결정한다. 이날에는 공식적인 초대가 없으면 아무도 낯선 집에 발을 들이지 않는다.

그리고 초대를 받는 것은 지난해에 행운을 맞이했거나 다른 이유로 인해 행운을 가져다주는 사람으로 간주되는 사람들뿐이다.

란의 아버지가 머뭇거리며 박 레를 돌아본다.

"스님도 좋지!"

그가 며느리에게 외친다.

"하지만 지금 이 방문이 더 중요해."

"제발요! 우린 행운이 필요할지도 몰라요. 이분은 스님 다음으로 들어가서 하루 종일 있으면 되잖아요. 원한다면 밤까지도요. 하지만 첫 번째로는 안 돼요."

레 부인은 필사적이다. 그녀는 모든 계획을 잘 짜 놓았다. 설날 첫 손님은 스님. 이보다 더 큰 행운이 있을 수 있을까?

"행운이 필요할지도 모르지! 넌 우리에게 행운이 얼마나 많이 필요한지 짐작도 못 할 거다!"

박 레가 말하며 며느리의 팔을 잡아 말린다.

"그리고 바로 그 때문에 이 남자가 첫 번째가 되어야 한단다. 날 믿으렴!"

그가 란의 아버지에게 고개를 끄덕이자, 아버지는 현관문으로 가 벨을 울린다.

따이의 어머니가 뒤쫓아 가려 하지만, 박 레가 팔을 잡고 말린다.

"날 믿어라, 행운을 가져올 사람이 있다면, 그건 바로 저 사람이야! 어쩌면 네가 생각하는 행운과는 다른 걸지도 모르겠다만."

"두 사람은 전쟁 이야기만 할 거예요. 아시잖아요, 그게 그이를 자극한다는 걸요. 그이는 아직도 폭탄이 터지는 꿈을 꾼다고요!"

"폭탄 이야기는 하지 않을 거다. 그보다는 이상을 잃어버린 삶에 대해 이야기하겠지."

그들은 문이 열리는 모습을 본다. 집안 일꾼이 당황한 눈빛으로 낯선 남자를 되돌려 보내려 한다. 하지만 박 레가 손짓을 보내고, 따이의 어머니도 고개를 끄덕이자, 그는 방문객을 안으로 들인다. 문이 란의 아버지 등 뒤로 닫힌다.

그들은 박 레의 오두막 앞에 앉아 기다린다.

집 안에서 무료하게 있던 따이도 그곳으로 온다. 따이는 입을 꾹 다물고, 가만히 앉아 귀를 기울인다.

"바를 내쫓지 않았어. 좋은 징조야."

타오가 말한다.

"하지만 바는 아무것도 바꾸지 못할 거야!"

란이 말한다.

박 레가 킥킥 웃는다.

"기다려 보렴. 그리고 협상이 결렬될 경우엔……."

그가 호주머니에서 휴대전화를 꺼내어 란에게 보여 준다.

"빕케의 휴대전화예요?"

"협상을 유리하게 하려면, 압박 수단을 갖추고 있어야 하는 법이지. 꼭 쓸 필요는 없다만, 압박 수단이 있으면 마음이 안정되고 비상시에 도움이 된단다."

란이 묻는 얼굴로 바라본다.

"빕케랑 이야기를 했단다."

란은 고개를 끄덕인다. 그것은 란도 지켜본 바다.

"전 할아버지가……."

"…… 적에게 투항한 줄 알았구나? 넌 날 그렇게 모르니?"

"둘이서 얘기하는 걸 봤거든요."

"난 변화가 있을 거라고 빕케에게 약속했단다. 하지만 변화는 안쪽에서부터 일어나야 해. 밖에서 주는 압박으로는 큰 변화가 일어날 수 없지."

"정말로 저희 바가 성과를 얻으리라고 믿으세요? 저희들이 집에 갈 수 있을까요? 새해를 쉴 수 있을까요? 제 생각엔 아니에요! 옹 레에겐 돈밖에 중요하지 않아요."

"나도 그렇게 생각했단다. 코브라 눈을 담은 병이 바닥에 떨어졌을 때까지는 말이야. 그리고 그때 난 아직 희망이 있다는 걸 알았지. 너희 아버지가 가방에 뭘 넣어 왔는지 모르겠니?"

"또 하나의 병인가요?"

박 레는 고개를 끄덕인다.

"또 하나의 병이지. 또 다른 코브라 눈이 들어 있는 병 말이다. 같은 뱀에게서 나온 거란 사실은 너도 분명 알겠지."

그리고 기다리는 동안, 박 레는 부대에서 최고의 병사였던 그 코브라에 대해 전부 이야기해 준다.

"그 뱀은 전쟁이 끝나기 며칠 전에 우리 뱀 구덩이를 초토화했던 수류탄의 파편에 맞았지. 상처 때문에 결국 죽어 버렸단다. 너희 아버지와 우리 아들이 눈을 떼어 내어 쌀 소주 속에 넣었어. 그리고 전쟁이 끝나고 헤어지기 전 코브라 눈을 두 개의 병에 담았지. 우리 민족의 자유를 위해 싸웠던 전쟁을 기억하려고 말이다."

대나무 오두막 곁 강가는 조용하다. 모든 눈길은 불이 밝게 밝혀진 거실로 향해 있다.

테라스 문이 열린다. 옹 레가 나오고, 란의 아버지가 뒤따라 나온다. 잔뜩 기대하고 있는 무리를 보자 아버지는 손을 들고 손가락 두 개를 펼친다. 빅토리!

"효과가 있었어!"

란이 환호한다.

"이제 우린 쉴 수 있을 거야."

타오가 작은 소리로 말한다.

"아니면 임금을 더 받거나!"

란이 말한다.

"중요한 건, 결코 다시는 성냥으로 벌 주지 않을 거라는 사실이야."

이것이 이날 저녁 따이가 한 유일한 말이다. 기대에 부풀어 그들은 대나무 오두막으로 난 작은 정원 길을 나란히 걸어오는 두 남자 쪽을 바라본다.

박 레가 말하며 란에게 눈짓한다.

"성과가 어찌 됐든 상관없이 난 만약을 대비해 휴대전화의 사진들을 컴퓨터에 옮겨 놔야겠다. 일이란 어찌 될지 모르는 법이니까. 폭풍에 날아간 어린 나무들이 이미 여럿 있거든. 공자님 말씀을 빌리자면 이렇게 말할 수도 있겠구나. 훌륭한 결심의 나무에 꽃들이 많이 피었건만, 열매는 별로 맺히지 않는구나!"

옮긴이의 말

독일의 청소년 문학 작가인 카롤린 필립스는 지금까지 여러 가지 사회 문제들에 관심을 갖고서 사회적으로 소외 받는 사람들에 대해 많은 이야기를 해 왔습니다. 이번 책에서 카롤린 필립스는 어린이 노동 문제에 초점을 맞추어 이야기를 펼쳐 나가고 있습니다. 이 책의 주인공 란은 열네 살 소녀로서 아직 한창 학교를 다녀야 할 나이지만, 가난한 집안 사정 때문에 신발 공장에서 일을 하게 됩니다. 이 공장에서 생산되는 운동화는 미국과 유럽 등에 수출되는 고급 운동화이지만, 정작 신발을 만드는 어린 노동자들은 형편없는 임금을 받으며 열악한 환경과 가혹한 처벌 속에서 힘든 노동을 해 나갑니다.

이 책 속에서 묘사되고 있는 가혹한 어린이 노동은 안타깝게도 소설을 위해 꾸며 낸 이야기가 아니라 지금 세계 곳곳에서 벌어지고 있는 현실입니다. 어느 보고에 의하면 현재 전 세계적으로 약 2억 5천만 명 이상의 미성년자들이 공장, 농장, 광산 등에서 강도 높은 노동에 시달리고 있으며, 심지어 전쟁에까지 동원되고 있다고 합니다. 이에 국제노동기구ILO는 아동 노동 착취 금지 협정을 체결하고, 아동 노동 금지의 날World Day Against Child Labour을 지정하여 가혹한 어린이 노동을 금지하도록 각 나라들에 촉구하고 있지만, 아직까지 사정은 별로 나아지지 않고 있는 실정입니다.

언뜻 보기에 아동 노동 착취는 우리나라와는 별 상관없는 문제인 듯 보이기도 합니다. 하지만 우리가 신는 운동화, 우리가 사용하는 축구공, 우리가 먹고 마시는 커피와 초콜릿 등 많은 것들이 이처럼 부당하게 생산된 것일 수도 있으며, 따라서 이런 문제를 외면한다면 우리도 아동 노동 착취를 거드는 것이 될 수 있습니다.

그렇다면 어떻게 해야 할까요? 쉽게 해결책을 제시할 수 있는 문제는 아니지만, 우리가 소비하는 물건들이 어떻게 생산되는 것인지 관심을 갖고서 그런 물건들이 올바른 방식으로 생산될 수 있도록 힘을 보태는 것도 한 가지 방법이 될 것 같습니다. 책 속에서 독일 소녀 빕케가 자신이 별 생각 없이 신던 브랜드 운동화가 어떻게 생산된 것인지 깨닫고서 공장의 상황을 변화시키려 시도했듯이 말입니다.

아무쪼록 늘 많은 사람들이 세상과 타인에 조금 더 관심을 갖기를 바라는 작가의 바람이 이 책을 통해서도 조금이나마 이루어지길 기원합니다.

🌸 부록

★ 지리

- 하노이_베트남 수도
- 호찌민 시_베트남의 남부, 사이공 강 서안에 자리한 베트남 최대 도시. 이전에는 사이공이라 불렸으나, 1976년 나라가 재통일된 뒤에 호찌민을 기려 개칭되었다.
- 냐짱_남중국해에 면한 해안 도시, 호찌민 시에서 북쪽으로 약 450km 떨어져 있다. 관광 중심지.
- 사이공 강_메콩 강의 지류 : 호찌민 시를 가로질러 흐른다.
- 베트남_동남아시아에 있는 국가. 면적 331,000㎢(한국 : 99,313㎢), 인구 8,500만(한국 : 4,850만)

★ 역사

- 에이전트 오렌지 Agent Orange / 고엽제_베트남 전쟁 때 미군이 동원한 화학 독성 물질, 베트남인들의 은신처를 쉽게 발견하고 정글 속에 새 비행장을 건설할 수 있도록 숲을 고사시키기 위해 사용했다. 오늘날까지 약 50만 명의 베트남인들이 독성 물질의 후유증(암, 기형, 유전자형 변화 등)에 시달리고 있다.

- 꾸찌 터널: 지하 터널 망(호찌민 시에서 자동차로 약 1시간 30분 거리에 떨어져 있음), 200㎢ 넓이에 라운지, 공동 침실, 취사장, 작업장, 병원 등이 3층으로 들어 차 있다. 베트남 전쟁에서 베트남 해방군의 은신처로 사용되었으며, 바로 위에 주둔 기지를 두고 있던 미군을 공격하는 출발점이 되었다.
- 호찌민 / 호 아저씨(1890~1969): 베트남 해방 투사, 프랑스 식민지 통치자들에 맞서, 나중에는 미국인들에 맞서 (1965년부터) 싸웠다. 1945년부터 1969까지 베트남 민주 공화국의 주석이었다. 미국은 베트남을 재통일하려는 호찌민의 노력으로 베트남 전체가 공산화될까 봐 두려워했다. 1965년 3월 미국의 첫 정규 전투 부대가 베트남 해변에 상륙했다. 도시들과 정글 지역에 대대적인 폭격 – 특히 에이전트 오렌지와 같은 전투용 화학 물질들 – 을 가했는데도, 전쟁은 1975년 4월 30일 미국의 패배와 베트남의 재통일로 끝났다.

★ 새 해 명 절
- 뗏Tết_베트남의 새해 명절. 일정은 음력을 따르고 대체로 1월 말/2월 초에 온다. 베트남 최대의 명절이며 사흘 동안 쉰다. 외국으로 나간 베트남인들이 가족들과 명절을 쇠기 위해 전 세계에서 돌아온다. 뗏을 위한 시장들이 특별히 서고, 뗏에 먹는 특정 음식들(아래 참조)이 있다.
- 바인쯩Bánh Chông과 바인저이Bánh giày_녹두 또는 고기를 넣고 바나나 잎에 싸 넣은 찹쌀(떡)
- 홋즈어Hột dứa_볶은 수박씨
- 꾸끼에우Củ kiêu_절인 채소
- 짜조chả giò_고기와 채소로 속을 채운, 라이스 페이퍼로 만든 춘권
- 쭉 남 머이 하인 푹Chúc năm mõi hanh phúc_새해 복 많이 받으세요

- 짜오 믕 하인 푹Chào mừng hạnh phúc_ 위와 같음
- 믕 남 머이Mừng năm mới_ 위와 같음

★ 베트남어

- 바 Ba_ 아버지
- 박 Bác_ 아저씨
- 깜 언Cám ơn_ 감사합니다
- 짜오Chào_ 안녕하세요
- 꼰 깍Con cặc_ 욕설
- 꼰 란Con rắn_ 뱀
- 꼰 쩌우Con trâu_ 물소
- 디 디Đi đi!_ 가 버려!
- 동Đông_ 베트남 화폐
- 마Má_ 어머니
- 씬 로이Xin lỗi_ 실례합니다 / 죄송합니다
- 또이 뗀Tôi tên_ 제 이름은……